謀略の兆し

御庭番の

氷月 葵

時代小説
二見時代小説文庫

目次

謀略の兆《きざ》し——御庭番の二代目13

江戸城概略図

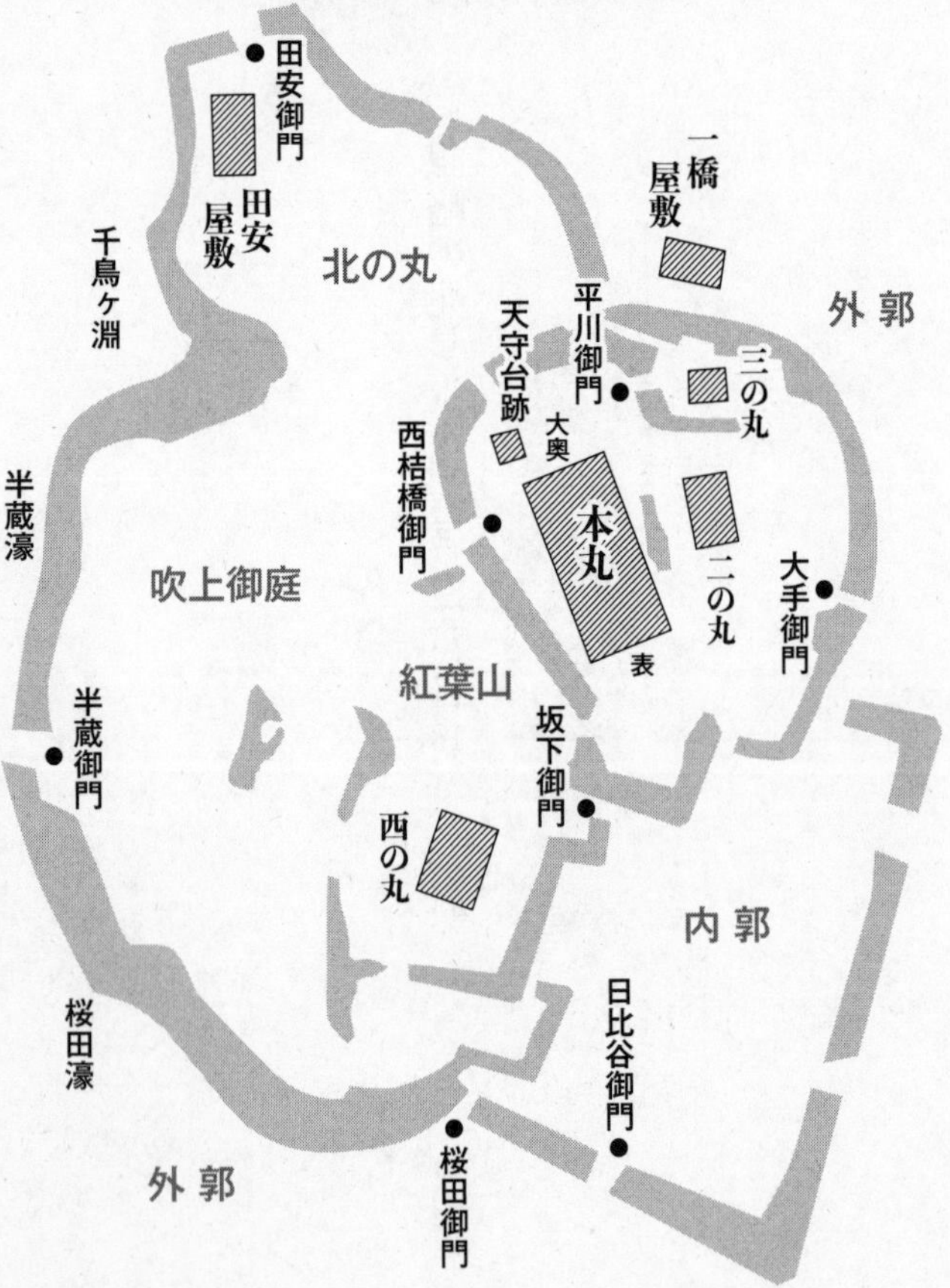
田安御門
田安屋敷
一橋屋敷
千鳥ヶ淵
北の丸
平川御門
外郭
天守台跡
三の丸
西桔橋御門
大奥
半蔵濠
本丸
大手御門
吹上御庭
二の丸
表
紅葉山
半蔵御門
坂下御門
西の丸
内郭
日比谷御門
桜田濠
桜田御門
外郭

第一章　潜入者《せんにゅうしゃ》

一

八丁堀《はっちょうぼり》の辻を曲がり、宮地加門《みやぢかもん》は長沢町《ながさわちょう》へと入った。しばらく行って、その足を止めた。目指していた家は、目の先だ。その家の戸が開き、人が出て来る。ぞろぞろと出て来る男達は、多くが月代《さかやき》を剃《そ》っていない浪人姿だ。そこに、ちらほらといずこかの藩士らしい者も混じる。

皆、十二月の木枯《こが》らしに袖《そで》を翻《ひるがえ》しながら、右へ左へと分かれて行く。陽は中天《ちゅうてん》にあり、真昼を知らせる九つの鐘は、先ほど鳴り終わったばかりだ。

講義が終わったのか……。加門は道の端で、それぞれの方向に散っていく男らを見つめた。家は山県大弐《やまがただいに》が借りているものだ。出て来た男達は大弐の講義を聴き終わり、去って行く者らだ。

大弐は開いた私塾《しじゆく》で儒学《じゆがく》や国学、軍学などを講義し、それが評判を呼んで、多くの武士が集まるようになっていた。が、大弐は朝廷を重視し、公儀に対しては批判的な姿勢を取っている。ために、公儀は大弐の動向を注視し続けていた。

また、人が増えたようだな……。加門は散って行く男らを目で追う。探索せよ、と御庭番《おにわばん》として正式な命《めい》を受けたわけではない。が、動向が気になり、時折、ようすを窺《うかが》いに足を運んでいた。

出て来た若い浪人の一人が、ちらり、とこちらに眼を向けた。加門は目を逸《そ》らして、ああ、いかん、と歩き出した。こんな所に立ち止まっていたら怪しまれる……。

その浪人の背を見ながら、ゆっくりと歩く。と、加門の横を二人連れの浪人が追い抜いた。前を行く浪人のうしろ姿を見つめている。

なんだ、あとを付けているのか……。加門はそのあとに付いてようすを窺った。

前を行く浪人は、辻を曲がるときに、少しだけ、顔を振り向けた。あとを付けられていることに勘づいているらしい。

二人連れの足が速まる。三十も半ばに見えるが、足捌《あしさば》きは力強い。

一人は背は低めだが怒り肩で、もう一人は細身の背高《せいたか》だ。

二人も辻を曲がって、先を行く男のあとを追って行く。加門も間合いを保ちつつ、三人のあとに続いた。

男達は海のほうへと進んで行く。

先を行く浪人は足運びを変えず、歩き続ける。が、その肩が上がっているのが見てとれた。警戒し、力が入っているのだろう。

加門はふと、顔を小さくうしろに向けた。自分のあとを付いて来る気配を背中に感じたためだ。別の浪人が、同じ道を来ていた。三十そこそこだろう、なかなかの男前だ。加門の目には気づかぬようすでそのまま進んでくる。

何者だ……。加門は胸中でつぶやきながら、顔を戻した。

目の前に海が見えてきた。

八丁堀が海に注ぎ、河口には鉄砲州稲荷《てっぽうずいなり》の杜《もり》がある。

先頭の浪人がその境内《けいだい》に入ると、二人の男が走り出した。

加門は音を立てぬように、足を速める。

稲荷の境内に着くと、一人対二人で向き合っていた。

木陰から、加門は息をひそめて窺う。

背高がすらりと刀を抜いた。

「野田《のだ》、白状しろ」切っ先を向き合う浪人に向ける。

「そなた、間者《かんじゃ》であろう、どこから送り込まれたのだ」

「待て」野田が手を上げる。

「勘違いだ、わたしはそなたらと同じただの浪人だ」

「嘘を吐《つ》くな」怒り肩も刀を抜く。

「そなたの目付きと面持ちはほかの者と違う。己ではわかっておらんのだろうがな」

刃《やいば》を野田の首筋へと寄せた。

「言え、もしや公儀の犬か」

「ち、違う」

野田があとずさりをしながら、刀に手をかける。と、背高が刀を振り上げた。

野田も刀を抜く。

宙で双方の刃がぶつかる。

「いっそ、斬って捨てるか」

刀を構え直しながら、怒り肩が唾を吐き捨てた。と、やぁっ、という声とともに、刀を振り下ろした。

野田が背高の刀を受けて、うしろに飛び退《の》く。

背高も構え直しながら、首を横に振った。

「いや、真《まこと》に犬であったらまずい。先生を捕らえる名分を作ることになるからな」

「ふん、では、二度と来られぬように、足でも斬り落とすか」

怒り肩は右手にぺっと唾を吐きかけた。

野田は白くなった顔で、二人を交互に見る。

怒り肩の刀が振り上げられた。

野田の刃がそれを受ける。が、空《あ》いた脇腹に、もうひと振りが入った。

背高の白刃が、野田の袴を斬り裂いていた。顕《あら》わになった左の太股《ふともも》から、血が吹き出す。

「よせっ」

加門が走り込んだ。

刀を抜くと、野田の前に立ちはだかる。

「なんだ、きさま」

背高が加門に向けて構える。

「なにやつ、邪魔をするな」怒り肩が、刀を振り上げた。

「こやつの仲間か」

加門も声を張る。

「通りがかりの者だ、が、二対一とは見過ごしにできぬ、助太刀《すけだち》するのみ」

「なにをっ」

怒り肩が踏み出す。

加門も踏み込み、相手の脇腹を峰《みね》で打った。怒り肩が身を崩す。

「こやつっ」

背高が踏み込んで来る。

峰を翻《ひるがえ》し、背高の肩を打った。続けざまに首筋に打ち込む。

崩れ落ちた背高の前に、怒り肩が立つ。脇腹をかばい、身体が斜めになったままだ。

が、「いやあぁっ」と声を張り上げた。

切っ先を向けて、突っ込んで来る。

加門は横に飛び、躱《かわ》すと、その背中にまた峰を打ち込んだ。

前のめりのまま、怒り肩は倒れ込んだ。

加門は膝をつく二人を振り返りながら、同じく膝をついた野田に駆け寄った。

懐《ふところ》から手拭いを取り出し、傷にきつく巻き付けた。みるみる赤く滲《にじ》むが、したたり落ちていた血は止まった。

「立てますか」

腕を取ると、「うむ」と、野田は身を立て直した。

「行きましょう」

加門は周囲に目をやる。遠巻きに数人の町人が見ている。

野田の右腕を肩にまわすと、加門は稲荷から外へと連れ出した。

「野田殿」

声が上がり、足音が駆け寄って来た。

あとを付けて来ていた男前だ。

「野田殿、大事はないか」

前にまわり込んで、顔と傷を交互に見る。

「知り合いか」

加門の問いに頷きながら、男は姿勢を正した。

「あ、ああ……いや、わたしも助けに入ろうと思ったのだが、あっという間に其許《そこもと》が片をつけられたので……あ、わたしは岩城平九郎《いわきへいくろう》と申し、この野田殿とは私塾の同門です」

「そうですか」加門は、ゆっくりと歩き出す。

「わたしはたまたま通りかかっただけですが、二人で斬りつけるとは無体《むたい》、と思い加勢しました」

加門は野田の顔を覗き込んだ。

「わたしの知っている医学所があります、そこに行きましょう」

「ああ、いや」

野田は曲げていた身体を伸ばす。

「わたしの家はここから近いので戻ります。ここでけっこう、かたじけのうございました。岩城殿もお戻りください」

野田は加門から身体を離し、背筋を伸ばすと二人に向かって礼をした。

「や、しかし、その足では……」

言いかけた岩城に、野田は首を振った。

「役人が来れば面倒なことになる。山県先生にまで迷惑をかけてはいけない、ここで分かれましょう。さ、早く、行かれよ」

む、と岩城は口を閉じると、頷いた。

「確かに、では、気をつけて帰られよ」

岩城は早足で、海に沿って歩き出した。

野田は再び加門に頭を下げた。

「助けていただき、礼を申します。どうぞ、お行きください」

「いや、そこまでお送りしよう」

加門は再び横に付くと、野田の腕を取って歩き出した。辻にさしかかると、

「もう、ここで」

と、野田が身体を離そうとした。加門は腕をつかんだまま、そっと顔を近づけた。

「もしや、町奉行所《まちぶぎょうしょ》の隠密同心《おんみつどうしん》ではありませんか」

はっと息を吸い込んで、野田は加門の手を振り払った。

間合いを取った野田の顔は「なぜ、それを」と、問うている。

加門はまた近寄って、小声でささやいた。

「ご安心召されよ、わたしは公儀御庭番、宮地加門と申す」

再び息が洩れ、野田は姿勢を正した。

「それは、御無礼を……わたしは北町奉行所同心隠密役、野田とは偽りの名で、誠の名は守屋与之助《もりやよのすけ》と申します」

深々と腰を折る守屋の腕を再び取り、加門は歩みを促した。

「さ、では守屋殿、参ろう、早く戻って手当てをしたほうがいい。八丁堀ならば医者

はおられよう」

町奉行所の同心は、八丁堀の組屋敷で暮らしている。禄《ろく》の少ない御家人である同心らは、屋敷の部屋を貸している場合が多い。その相手は多くが学者か医者だ。

「はい、隣の家に医者がいますし、八丁堀にはほかにも……」

守屋が頷く。

ああそうか、と加門は腑《ふ》に落ちた。

山県大弐の借家があるのも八丁堀だ。そこから同心の組屋敷は近い。まっすぐに屋敷に戻れば、人に見られて正体がばれかねない。ために、わざわざ遠まわりをして、屋敷に戻るのを常としていたのだろう。

ぐるりとまわって、八丁堀の町へと戻った。

同心の組屋敷が見えて来た。

「もう、ここで」守屋は身体を離すと、しゃんと背筋を伸ばした。

「家はもう近くですので」

加門は簡素な木戸門が並ぶ道を見やる。黒羽織《くろばおり》に着流しという、ひと目で同心とわかる男らが行き来している。

加門は頷いた。けがをして人に支えられている姿を、同僚らに見られたくないのだろう……。

「うむ、ではここで。すぐに医者にかかられよ」

「はい」そう言いつつ、守屋は空けた間合いを、少し、詰めた。

「あの、御庭番となれば、こたびのこと、上様にご報告されるのでしょうか」

歪《ゆが》んだ眉に、加門は口元を弛《ゆる》めて首を横に振った。

「いや、このような小さな事はいちいち……それに、今日は本当にたまたま行き当たっただけのこと、お役目ではないゆえ、報告などは無用のこと」

「そうですか」守屋の眉がやや弛む。

「なれど、お城の御重役には……」

「ふむ、そうさな、御側衆《おそばしゅう》にはお伝えすることになりましょうな。山県大弐のことは、城中でも注視しているゆえ」

「そう、ですよね」守屋はうつむき、その顔を上げた。

「わたしは身許がばれたも同然、この不始末、今日中に御奉行様に報告します。宮地様にお助けいただきましたことも、申し上げますので」

「ああ、そのようなことは伝えずともよい。それよりも、早く戻られよ、そら、血が滴《したた》りはじめている」

巻いた手拭いが真っ赤に染まり、いく筋かの血が流れ落ちている。

「真《まこと》にかたじけなく……」

もう一度頭を下げると、守屋は踵《きびす》を返した。

足を引きずりながら歩くうしろ姿を、加門はそっと追った。辻を曲がり、その先の木戸門をくぐると、姿は見えなくなった。

あそこが守屋家か……。加門は辻へと戻り、八丁堀をあとにした。

二

医学所の廊下を進むと、太い声に呼び止められた。

「おう、加門、来たか」この医学所を統《す》べる医者の海応《かいおう》だ。

「草太郎《そうたろう》に煎《せん》じ方を教えておいたぞ」

頷く海応に、加門は頭を下げる。

かつて医術を学んだこの医学所で、今は息子の草太郎が、教えを受けている。

「すみません、毎度、世話になります」

「なに、また誰かがけがをしたということじゃろう。草太郎も弟切草《おとぎりそう》の扱い方を覚えるよい機になったであろうよ、奥におるぞ」

「はい、ありがとうございます」

加門は会釈を返して、薬部屋へと行った。

「草太郎、いるか」

「はい」徳利《とっくり》を手にした草太郎が顔を上げた。

「ここに煎じ薬を入れておきました」

「うむ、すまなかったな、助かる」

「いえ、おかげで海応先生にいろいろと教えていただけました」

そう言いながら息子が差し出す徳利を、加門は立ったまま受け取った。

「では、これを届けるので、わたしは行く」

「はい」

草太郎は頷く。朝、弟切草を煎じておいてくれ、と言われたときも、なにも訊き返しはしなかった。御庭番の跡継ぎとして、よけいな詮索《せんさく》をしない、という弁《わきま》えができている。

加門は小さな笑みを残して、医学所をあとにした。

八丁堀の辻を曲がり、加門は簡素な木戸門をくぐった。

隠密同心の守屋与之助が、入って行った屋敷だ。

「ごめん」

声を上げるとすぐに中間《ちゅうげん》が戸口を開き、奥から守屋が顔を出した。

「や、これは、宮地様」

足を引きずりながら、慌てて廊下をやって来る。

「薬を持って来た、邪魔をしてもよろしいか」

「は、はい、こちらへどうぞ」

奥の部屋で向き合うと、守屋はかしこまって手をついた。

「先日は、お助けいただき……改めて礼に伺《うかが》おうと思うておりましたところ……」

「ああ、よいのだ、どうぞ、楽に」

加門は手を上げると、手にしていた徳利を前に置いた。

「けがはいかがか。これは刀傷に効く弟切草を煎じた薬でな、膿《う》んだり腫《は》れたりするのを防ぐことができる。晒《さらし》に浸して、朝晩、当てるとよいのだ」

は、と目を瞠《みは》りながら、守屋は徳利を手に取った。

「これは重ね重ねかたじけないことです。傷はまだ痛みますが、医者によるとさほど深い傷ではないということで、心配は無用、といわれました。気にかけていただき、わざわざ薬まで……」

恐縮し、また頭を下げようとする守屋を、加門は制した。

「いや、実はちと、尋ねたいこともあったのだ」

「は……なんでしょう」

かしこまる守屋に、加門は低い声で問う。

「先日、守屋殿を襲った二人組は、山県大弐の門弟と思われるが」

「ああ、はい、さようで。あの二人は、わたしのすぐあとから入って来た者らです。なんでも、箱根《はこね》のほうにいたらしく、東海道《とうかいどう》を通る者から、なにやら仕事を請け負って暮らしていたようです。街道を行く者は裏道を抜けたり、荷を人に託したりする者もいますから、そうした裏仕事でしょう。世に通じているということを、えらそうに吹聴《ふいちょう》しておりました」

「ほう、江戸の者ではなかったのか」

「はい、街道を行き来する武士に山県大弐の評判を聞いたらしく、江戸に来ることにしたようです。入って来た当初は荒れた顔つきをしていました」

「ふうむ、なるほど、裏の稼業をしていれば、人を見る目も鋭くなるだろうな」

加門は守屋をかばうように頷いた。

「いえ」守屋は俯《うつむ》く。「そうだとしても、代々十手《じって》を預かり、隠密役をも引き継いでいる身、それを見抜かれるとは不覚の限り……恥ずかしいことです」

「いや、裏を知る者は裏を見抜く。相手の目付きも鋭かった、恥じることはない」

そう言いつつ、加門も最初に守屋から目を向けられたときのことを思い出していた。普通ならば、いちいち立っている者に目を向けたりしない。そうしたことが、講義所でもあったのかもしれない、そして、怪しまれた……。

「あの二人は」守屋が顔を上げる。「長くいる人らに対抗しようと、まるで用心棒のように振る舞っているのです」

「なるほど、己らの立場を強くしたいのだな」

「ええ、さように思います」

「して」加門は別の顔を思い浮かべた。「駆けつけて来た岩城平九郎というお人も、やはり門弟であられるのか」

「はい、さようで」守屋の顔が弛んだ。「私塾に潜《もぐ》り込んでから、わたしのほうから話を聞き出そうと近づいたのです。人のよさそうな男を選んだのですが、思った以上に気のいい男で親しくなりました。岩城殿はもともと江戸の生まれで、三代前から浪人と聞いています」

「江戸の生まれか、そういえばどことなく垢抜《あかぬ》けていたな」

「はい。気風《きっぷ》も江戸っ子らしく、裏表がありません。最近、わたしが例の二人に絡《から》まれているのを助けてくれたことがあったのです。それ以降、気にかけてくれていたようです」

「そうか、で、あの二人が守屋殿のあとを付けているのがわかって、そっと追って行ったのだな」

「ええ、そうだったのだと思います。岩城殿は義の心が強く、悪事を見過ごしにできない質《たち》ですので」

「ふうむ、なるほど」

廊下に足音が鳴った。

「失礼します」戸を開けた中間が、入って来る。

「お茶、お持ちしましたで」

無骨な手で、茶碗を置いて出て行った。妻はいないと見える。

加門は熱い茶碗を手に取り、湯気の立つ茶を啜《すす》った。啜りながら、やはり茶碗を傾ける守屋を、加門は上目で見た。

「あの二人のようすからして、守屋殿はもう大弐の家には近づかないほうがよいだろうな」

はい、と守屋は茶碗を置いた。

「御奉行様にも探索の任を解かれました」

「ふむ、ほかにも町奉行所から送り込まれているお人はおられるのか」

「いえ、わたしだけでした。ですが、もう一人……」守屋は城の方角を見る。

「わたしが潜入する以前に、黒鍬組《くろくわぐみ》の隠密役が送り込まれていたそうです」

「黒鍬者が……」

加門も城のほうを見る。

黒鍬組は城中で多くの役を持っている。石垣を直す役、普請《ふしん》に当たる役、濠《ほり》の掃除をする役など多岐《たき》にわたる。さらに城中で死者が出た折には、そっと場外へと運び出すのも黒鍬者の仕事だ。御家人ではあるが、士分の最下層として扱われている。が、そのなかに、常に隠密役が置かれるのも、黒鍬組の伝統だ。

「その者は守屋殿のように襲われたりはしていないのだろうか」

加門の問いに、守屋は首をかしげた。

「さあ、それは……実はわたしも誰が黒鍬者であるのか、知らぬのです。あちらもわたしの正体は知らなかったはず」

「ああ、なるほど」加門は頷いた。

「知れば、どうしても目が向いてしまう。となれば、周囲に不審を抱かせる」

「はい、さようで。ですので、未だにわかりません。ですが、おそらくまだいるはずです。結句《けっく》……」守屋が苦い面持ちを横に振った。

「あちらのほうが、隠密として上手《うわて》、ということです。見破られてしまったわたしとしては、まったく面目《めんぼく》ありません」

ああ、いや、と加門は手を上げた。

「守屋殿はまだお若い。こうした場数《ばかず》を踏んで、腕が磨かれてゆくものです」

守屋の顔がやっと弛んだ。

「お気遣い、ありがとうございます」

「なに、本当のことだ。わたしも若い頃にはいろいろと失敗をしたものだ」

「そうですか、天下の御庭番でも」

身を乗り出す守屋に、加門は笑いを返す。

「天下の、などというほどではない。御庭番とて、失敗で学び、伸びるのだ」

ほう、と守屋にも笑みが浮かんだ。

「いや、それを聞いて少し、心持ちが軽くなりました。実は奉行所に顔を出すのが恥ずかしく、当面、屋敷に籠《こ》もるつもりでおったのです。ですが、出仕《しゅっし》することにいたします」

「ああ、そうなさるがよい。心持ちというのは鋼《はがね》と同じで、叩かれ、鍛《きた》えられるほど強くなるものです」

加門は腰を上げつつ、掌《てのひら》を向けた。

「見送りはけっこう。傷を治すため、あまり動かぬほうがよい」

「いえ、力が出ましたから」

守屋は笑顔で立ち上がった。

三

江戸城中奥《なかおく》。

朝早い城内は、人の声も足音も聞こえてこない。

ある部屋にそっと入った加門は、誰もいない内を見まわした。部屋の主《あるじ》である田沼《たぬま》主殿頭意次《とのものかみおきつぐ》は、これから出仕してくるはずだ。

おや、と加門は隅に目を留めた。綿入れの小袖《こそで》が掛けられている。

拝領の時服《じふく》だな……。加門は寄ってそれを見た。

この明和《めいわ》二年（一七六五）の四月。

家康公《いえやすこう》の百五十回忌のため、日光《にっこう》の東照宮《とうしょうぐう》への社参《しゃさん》が行われた。将軍家治《いえはる》は参加せず、名代《みょうだい》を命じられたのが御側御用取次《おそばごようとりつぎ》の田沼意次だった。無事に、名代を務めた褒美《ほうび》として下されたのがこの時服だ。

将軍家では、功績のあった大名や旗本に、褒美の時服を下すのが倣《なら》いとなっている。時服は綿入れの小袖、というのが定番だ。

そうか、今は寒いから重宝《ちょうほう》するのだな……。加門は綿入れのふっくらとした小袖に、そっと手で触れた。

と、その顔を襖《ふすま》に向けた。足音が廊下を近づいて来る。

加門は襖を開けた。その前にちょうど意次が立っていた。

「お、なんだ、来ていたのか」

笑顔で入って来る意次に、加門も同じ顔を返す。

「うむ、話しておきたいことがあってな。しばし、時はあるか」

「ああ、上様は昨夜、大奥《おおおく》にお泊まりになられたから、ご挨拶《あいさつ》に伺うまでに間はある。大丈夫だ」

胡座《あぐら》で向き合うと、加門は抑えた声で、

「山県大弐のことだ。先日、探索に入っていた隠密同心が襲われてな……」

と、話し出した。

ほう、と意次の眉が寄る。

「大弐のほうでも警戒をしているということか」

「うむ、門弟が増えているゆえ、勢いも強まっている気がする。大弐もますます強気になっているようだ」

ふうむ、と意次は腕を組む。

「山県大弐のことは、老中方も気にはかけておられるのだ。黒鍬者を早くから送り込んでいたというのも、その表れだろう。わたしは細かには聞いていないが、随時、報告は上がっているはずだ」

「ああ、しかし、隠密同心が探索を解かれたというし、新たに送り込むのも危険だ。わたしはこの先も、折を見てようすを窺うつもりだ」

「うむ、そうだな。頼む。わたしもいずれ上様のお耳に入れることにする。さすれば、探索せよ、という命《めい》が正式に下されるやもしれん」

「そうなれば、堂々と動けるな」

「ああ。そう命じよ、とわたしが御下命を預かることになろうから、そうなったらすぐに言おう」

うむ、と加門は小さく苦笑する。

「我ら御庭番、上様からは直《じか》に御下命を受けることがほとんどなくなったからな」

御庭番に命を下すのは将軍、というのがかつての倣《なら》いだったが、時とともに老中や御側衆が代わりに伝えることが増えていった。特に、家治の世になってからは、その傾向が強まっている。

「上様は」加門は声をひそめた。

「やはり御政道《ごせいどう》は松平《まつだいら》様に委《ゆだ》ねておられるのか」

四人いる老中のうちの一人、松平武元《たけちか》は、家治が世子《せいし》として西の丸に暮らしていた頃から頼りにしていた重臣だ。宝暦《ほうれき》十年（一七六〇）、家治が将軍となった折、「政《まつりごと》はまかせる」と松平武元に言い、翌年には老中首座《ろうじゅうしゅざ》に任じられた。以降、将軍の言葉どおり、武元が手腕を振るっている。

「うむ、首座様は頼りになるお方ゆえ、城中もうまくまわっている」

「そうか、それはなによりだ。して、大奥のほうはどうなのだ。竹千代《たけちよ》様はお健《すこ》やかか」

「ああ、奥医師から聞いたが、乳をよく飲み、すくすくとお育ちになっているということだ」

竹千代は将軍家治の嫡子《ちゃくし》だ。跡継ぎのなかったことを案じた意次が側室を勧め、期待どおりに産まれた長男だった。二人の側室を置き、それぞれから男児が産まれたものの、次男は生後三ヶ月で早世《そうせい》し、残ったのが竹千代だった。

「それはよかった。だが、その後はどうなのだ。ご懐妊《かいにん》のようすはないのか」

問う加門に、意次は眉を寄せて首を振る。

「それなのだが、上様は男児ご誕生以来、側室のもとに渡ろうとなさらないのだ。嫡男ができたのだから、もうよい、とお考えらしい」

「や、しかし……幼子《おさなご》はいつなにが起きるかわからないではないか。あと二、三人は男児がいたほうが安泰というものだろう」

ううむ、と意次は眉間《みけん》の皺《しわ》を深める。

「それはわたしもそう思う。だが、上様がその気になられないのだ。もともと御台様《みだいさま》と仲睦《なかむつ》まじいゆえ、側室は煩《わずら》わしいだけと見える。それに、女人と親しむより、将棋《ぎ》や書画に親しむほうがお好きなお人柄だ、こればかりはいたしかたなかろう」

ううむ、と加門も眉を寄せた。

「確かに、無理強《むりじ》いできるものではなし。そうか……」

二人の目が合い、小さな息が漏れた。

廊下から、人々の気配が伝わってくる。

登城してきた人々が行き交う足音、交わす挨拶などで、城中はすでに活気が広がりはじめていた。

さて、と腰を浮かせる意次に、加門も立ち上がった。

「いや、邪魔をした、またなにかわかれば参るゆえ」

「うむ」意次は面持ちを弛めた。

「それよりもいつでも屋敷に寄ってくれ。平賀源内《ひらがげんない》殿も時折、来るのだぞ」

「お、そうか。では、そのうち寄らせてもらう」

「ああ、待っているぞ」

二人は廊下に出ると、左右に分かれた。

同じ中奥に、御庭番の詰所もある。

加門が襖を開けると、同輩の吉川栄次郎《よしかわえいじろう》が顔を上げた。

「おう、今し方、郡代《ぐんだい》からの使いが来て、そなた宛の書状を預かったぞ。そら」

差し出された書状を、加門は受け取る。

「伊奈《いな》様が……」

加門は隅に移ると、その書状をそっと開いた。

伊奈半左衛門《はんざえもん》は関八州《かんはっしゅう》を支配する関東郡代だ。

初めて対面したのは、去年の明和元年の十二月だった。

明和元年の秋、中山道《なかせんどう》の村々に、公儀は新たな命《めい》を下した。

街道沿いの村々には、もともと助郷《すけごう》という役を課している。宿場に男手と馬を差し出す役目で、伝馬《てんま》とも呼ばれている役目だ。

新たな命は、増助郷《ぞうすけごう》だった。これまで以上の人と馬を宿場に差し出せ、という命令だった。その命は、これまで役目を負っていなかった遠くの村々にも及んだ。が、もともと豊かでない村では、人馬を出すゆとりはない。その場合は金を支払うのが、伝馬の仕組みだ。

すでにそれ以前にも、増助郷は課されていた。その年の二月、朝鮮通信使《ちょうせんつうしんし》が来たために、多額の金が必要となり、それを中山道の伝馬で得ていたのだ。

朝鮮通信使は国へ戻ったが、続いて四月には家康公百五十回忌の日光社参が行われることになっていた。それにも多額の金が要る。前回、うまくいった増助郷の金策を、またしても行うことにしたのである。

それに反抗したのが、中山道の村々だった。前回、伝馬の支払いをするために、百姓衆はすでに借金を抱えていたのだ。

さらなる伝馬は受けられない、と百姓衆は一揆《いっき》を起こした。先頭に立ったのが、武《ぶ》州《しゅう》の百姓衆だった。それを聞きつけ、遠くの村々からも人が集まり、一揆勢は膨《ふく》れ上がっていった。十二月には、十万を超える人々が、公儀に直訴《じきそ》をしようと、江戸を目指して動き出したのだ。

加門の脳裏に、そのときの情景が甦《よみがえ》る。

村の名を記した筵《むしろ》の幟《のぼり》を掲げ、手にした鍬《くわ》や鋤《すき》を振り上げる人々。太鼓《たいこ》を打ち鳴らし、怒号とともに、群衆は江戸を目指して進んだ。

探索のため早くから武州に入っていた加門は、その動きを江戸へと知らせた。

江戸開闢《かいびゃく》以来の、大人数による蜂起《ほうき》だった。あまりの騒動の大きさに、公儀もさらなる伝馬は撤回せざるを得なかった。それを伝えるため、中山道に遣《つか》わされたのが、郡代伊奈半左衛門だった。

伊奈は情け深く、百姓憐れみの名郡代、と慕われている。その伊奈の言葉で、一揆勢は矛《ほこ》を収め、散会。騒動は終結した。その折、街道に戻っていた加門は伊奈と言葉を交わし、互いに通じ合うものを感じ取ったのだ。知己となり、江戸に戻っても、会うようになっていた。

加門は、一揆を収め江戸に戻っていく伊奈のうしろ姿を思い出した。加門はその後も、収束を見届けるためにその地に残ったのだ。

年明け、一揆勢は村々に帰って行ったものの、一部、残った人々がいた。一部の名主らに打ち壊しをかけるためだ。ずっと以前から、伝馬の上前をはね、暴利をむさぼっていた名主や村役人がおり、そうした者らが伝馬を公儀へ願い出ていたことが明るみになったのだ。

残った村人は、つぎつぎに、そうした名主らの屋敷を打ち壊した。が、すぐにそれが江戸に伝わり、役人が駆けつけた。打ち壊しを扇動《せんどう》した頭目《とうもく》らを捕縛《ほばく》すると、江戸の牢屋敷へと押し込めたのだった。

加門は捕まった男達の顔を思い出した。

小伝馬町《こでんまちょう》の牢屋敷に入れられたのは一月。ただでさえ陽の差さない牢屋敷で、寒さはさらに囚人《しゅうじん》を痛めつける。そこに、厳しい吟味《ぎんみ》のうえ、拷問《ごうもん》が加えられる。頭目の二人は、翌月、牢のなかで息絶えた。

しかし、そこで終わったわけではない。

騒ぎはすでに伝馬騒動として、人々に知れ渡っていた。

一揆の場合は、頭目を獄門《ごくもん》にして、見せしめにすることで終結となる。捕らえた頭目が牢死したため、別の頭目が必要となった。が、公儀は日光社参を控えているため、ひとまず、探索の手は緩《ゆる》められた。

三月。田沼意次が勘定奉行《かんじょうぶぎょう》をきつく叱ったと、城中で知れ渡った。

地方の年貢や伝馬は、勘定奉行の管轄だ。老中や将軍の許しがあったとはいえ、このたびの伝馬は明らかな失策だったからだ。

加門は手にした伊奈からの書状を、そっと開いた。

そこに認《したた》められた文字を、加門は目で追った。

四

夕刻、城を出て大川《おおかわ》（隅田川《すみだがわ》）のほうへと、加門は足を向けた。両国広小路《りょうごくひろこうじ》の浅《あさ》草御門《くさごもん》手前に、郡代屋敷がある。伊奈半左衛門が暮らし、仕事をする役宅だ。

伝馬騒動はまだ終わったわけではない。

日光社参という公儀の大きな行事が済んだ翌五月、再び役人が動いた。騒動では天狗触《てんぐぶ》れという回状が出まわっていた。町や村に貼られたり、人々の手から手へと伝わっていったのだ。一揆を呼びかける触れで、人々もそれによって集まった。

すでに牢死した頭目は、天狗触れには関わっていなかった。役人は天狗触れの出まわった武州で、その仕掛け人を探した。

加門はうすうす見当が付いていた。

そして、役人もそれを突き止め、六月に捕らえたのである。

捕らえられたのは関村《せきむら》の遠藤兵内《えんどうひょうない》という名主だった。

加門は歩きながら、小伝馬町のほうへ顔を向けた。

兵内は牢屋敷に押し込められ、未だに吟味を受けている。

「ごめん」

加門が郡代屋敷で案内を請うと、すぐに屋敷の奥へと通された。役所の部屋ではなく、居所の部屋だ。

加門は飾り気のない部屋の天井を見上げた。

伊奈家は家康の時代から続く家臣で、代々関東郡代を継いでいる。川の普請や水道の整備などに携《たずさ》わり、江戸や近郊の開拓に貢献してきた家だ。が、今の郡代伊奈半左衛門はそれに驕《おご》ることなく、百姓思いで情け深い。

廊下をやって来るのは、その伊奈の足音だ。

「お待たせいたしました」

障子を開けて入って来た伊奈が、加門に礼をする。

「いえ、先ほど来たばかりです」

加門の笑みに、伊奈も目元を弛《ゆる》めた。加門よりも年下の四十歳手前だが、郡代という役目の重さのせいか、歳よりも落ち着いて見える。下手《へた》をすれば、加門と同い歳くらいに見える風貌《ふうぼう》だ。

「いや、実は」伊奈は座ると同時に切り出した。

「武州から関村の百姓がやって来たのです」

「関村、というと、遠藤兵内の件ですか」

「ええ、まもなく正月なので、牢内の兵内に届け物をしに来たそうです。と、同時にわたしどもに命乞いの嘆願をしに来た、というわけで」

「なるほど、それはいかにも」加門は頷いた。

「まだ、兵内への沙汰《さた》は下りそうにないのですか」

ええ、と伊奈は顔を歪める。

「評定所《ひょうじょうしょ》では、兵内になんとか白状させようと、いろいろな手を打ってきたようです」

「白状とは、山県大弐のことですか」

加門は目を見開いた。

公儀では、騒動の端《はな》からある疑いを抱いていた。百姓衆の知恵や力だけで、これほど大規模な一揆を起こせるわけがない、という疑念だ。裏で知恵をつけ、煽《あお》った黒幕がいるはず、と読んだのだ。その黒幕と疑ったのが、山県大弐だった。

大弐は公儀への批判を堂々と行っていた。

さらに、大弐の熱心な門弟に、中山道からほど近くにある小幡藩《おばたはん》の家老や藩士らがいた。大弐を信奉する小幡藩士らが、百姓衆を焚《た》きつけたのでないか。そもそも、騒動自体、大弐の指示だったのではないか、と疑っていたのだ。

「まだ、そのようなことを……」加門は息を吐いた。

「先に牢死した頭目にも、その白状を迫って拷問したのですよね」

「ええ。頭目のほかにも、捕らえた百姓には、拷問して問うたそうです。が、誰からも大弐の名は出なかった」

「それは当然のこと、わたしもその件、探索の命《めい》を受けて調べましたが、大弐も小幡藩も影は見えなかった。それも報告したのですが……」

「ふむ、わたしの調べでもつながりは出なかった。それは言ったのです。ですが、百姓ごときにかような騒動が起こせるわけはないと……」

「やれやれ」加門は首を振る。

「百姓を侮《あなど》る武家の考えは変わらない、と」

二人は目を合わせる。このやりとりは、すでに何度もしている。

伊奈は長年の村々との関わりで、百姓らの知恵や情、心意気について知り尽くしている。加門もこれまで一揆や地方の騒動を探索したせいで、百姓衆のことはわかっていた。百姓のなかには学問を修めた者もおり、なまじの武士よりも精神の高い者とてめずらしくない。が、これらの考えは、加門と伊奈のあいだでは通じるが、ほかの武士には受け入れられない。百姓衆と言葉を交わすこともない士族は、偏《かたよ》った強い思い込みで、侮るのだ。

ふっ、と二人の息が鳴った。

「まあ、それに加え」加門は顔を上げる。

「騒動を口実にして山県大弐を封じ込めたい、という思惑もあるのでしょうが」

「そうですね。それはわたしも感じます。いや、山県大弐は確かに、問題です。御公儀にとっては、排したほうがよい人物……しかし、伝馬騒動と結びつけるには、無理がある。まあ、評定所のほうも、そろそろあきらめかけてはいるようですが」

「ならばよいのですが、むりやり言わそうと拷問をすれば、また牢死しかねない。兵内は無事なのでしょうね」

「ええ、それは、わたしも確かめています。兵内は揚《あ》がり屋《や》に入れられているので、大丈夫です」

「揚がり屋ですか、なれば牢死の恐れも減りますね」

牢屋敷の中は身分によって、部屋が分かれている。町人が入る大牢《たいろう》や無宿人《むしゅくにん》を入れる無宿牢、百姓牢や女牢もある。それらとは別に、武士や僧侶らには揚がり屋という個別の部屋が用意されている。身分がさほどでなければ板敷き、高ければ畳敷きという区別もある。

そうか、兵内を騒動の首謀者として沙汰を下し、決着を付ける気なのだな、と、加門は腑に落ちた。ために牢死しないよう、揚がり屋に入れているのだろう……。

「兵内は天狗触れの件を認めたのですよね」

「はい、武州で捕らえられた折に、すでに認めたそうです」

「栄覚《えいかく》は死んだと聞きましたが」

加門は丸めた頭の僧を思い出していた。天狗触れの文章を書いたのは、関村近くの寺の住職、栄覚だった。

「栄覚は捕らえられる前に自害した、と報告を受けました」

「自害……そうでしたか。いや、死んだゆえ江戸には連れて来られなかった、とは聞いていましたが……」

加門が目を閉じると、伊奈は溜息を吐いた。

「年が明ければ、沙汰を下すことになるはず、わたしも兵内を詮議《せんぎ》することになっているのです」

その歪んだ顔を、加門は見た。

沙汰は獄門以外にありえない。伊奈の面持ちに、その苦渋《くじゅう》が見て取れた。

加門が眉を寄せながら目顔を向けると、伊奈はそれに応えるように小さく頷いた。

この苦渋を分かち合えるのは、ほかにいない、とその目は語っている。

加門はゆっくりと口を開いた。

「関村の百姓はまだ江戸にいるのですか」

「ええ」伊奈の顔が上がる。

「馬喰町《ばくろちょう》の百姓宿に泊まっているそうです。正月前には国に戻ると言っていましたが」

馬喰町と、つぶやく加門に、伊奈は身を乗り出す。

「行かれますか」

「はい」

加門は頷きながら、ほっと弛んだ伊奈の目元を見た。

加門には伊奈の心持ちがわかった。同時に、百姓らの思いも手に取るようだった。情け深い伊奈郡代であれば、兵内の命を救ってくれるかもしれない、そう百姓らは考えたはずだ。だが……。

「わたしは関村に行きましたし、打ち壊しのさいには多くのけが人を手当てしました。顔を知る者が来ているかもしれません。ずっと気にかかってもいましたから、話を聞いてみます。栄覚の最期のようすも知りたく思いますし」

「そうですか、なれば……」

膝の上で手を握る伊奈に、加門は頷く。

「一揆の刑罰についても、話しておきましょう」

加門の言葉に、伊奈は握りしめていた拳《こぶし》を開いた。肩からも力が抜けるのが見てとれた。

加門は声を落とす。

「その代わり、というわけではありませんが、わたしからも一つ、お願いが」

「ふむ、お聞きしよう」

小首をかしげる伊奈に、加門は膝行《しっこう》して、間合いを詰めた。

「できれば……」

五

薬箱を手に提げて、加門は馬喰町へと入った。

この辺りには宿屋が多い。

郡代屋敷に訴えに出て来た者が泊まるために、宿ができたのがはじまりだった。

宿では訴えの手続きを助けるようになり、目安《めやす》（訴状）を代わりに書くようにもなっていった。訴状を出しに行ったり、呼び出しの日時を聞きに行ったり、吟味のさいには付き添いをするようにもなった。

公事《くじ》（裁判）の助けをするようになり、宿の主など公事師と呼ばれる者も増えた。宿も公事宿と呼ばれるようになって久しい。

加門は宿の看板を見上げながら歩く。

公事宿は公事をしない者も泊まれるし、武士も町人も隔《へだ》てはない。だが、百姓だけは分けられ、百姓宿に泊まることになっている。

百姓宿が並ぶ道に入り、加門は見まわした。

秩父屋《ちちぶや》、上総屋《かずさや》、房州屋《ぼうしゅうや》などの屋号が並ぶ。その地から出た者が、宿を作るさいに国の名を付けるためだ。百姓は出身の宿に泊まることになっている。

武蔵屋《むさしや》という屋号に、加門は目を留めた。武州から来た者であれば、泊まるのは武蔵屋に違いない。

戸を開けると、加門は「ごめん」と、土間から声を上げた。

「へい、ただいま」

出て来た主に、加門は穏やかに言う。

「武州関村から来た百姓を訪ねて来た。わたしは医者で知り合いがいるのだ」

「はあ、さようで。では、どうぞ」

主は先に立って、奥へと案内した。

「お客ですよ」

襖を開けると、中にいた四人が顔を上げた。

去って行く主に礼を言いながら、加門は中へと入っていく。目でそれぞれの顔をとらえ、「やあ」と一人に声をかけた。

「あっ」と、相手も口を開いた。

打ち壊しに参加して腕を斬られ、寺の庭で手当てをした男だ。

「あんときのお医者先生でねえか」

驚く男の前に、加門は笑顔で座る。

「ああ、覚えていてくれたか。ええと、名はなんと言ったかな、傷はどうだ、痛まないか」

「へえ、おらぁ万作《まんさく》っていいますだ……あんときはありがとさんでした。おかげさんで、傷はくっついて、雨の日にはちっと疼《うず》くけんど、それもだいぶようなってきましたで」

「ほう、そうか、それはよかった。なに、江戸に来ていると小耳に挟んだので、寄ってみた。名主の兵内さんに届け物をしに来たのであろう」

加門は薬箱を前に置いた。

「へえ」

万作は左右にいる三人に顔を向け、手当てをしてもらったときのことを説明した。

「はあ、あんとき、医者に助けられたって話は、ほかのもんからも聞いたで。そうかね、この先生だったかね」

一人が言うと、あとの二人も正座に直って、加門に「どうも」と会釈をする。

「いや、ちょうど行き当たったから、医者として放っておけなかっただけだ」

加門は笑顔で箱から薬を取り出した。

「兵内さんとは話をしたことがあるので、ちと気にかかってな、薬を持ってきたのだ。牢内は冷えるらしいからな、届け物に添えてやりなさい」

薬包を差し出すと、万作は両手で受け取った。

「こりゃあ、ありがとうごぜえます」

ああ、ありがたい、と三人もそれぞれに頭を下げる。

加門は改めて四人に向き直った。

「兵内さんが捕まったときには、皆もいたのか」

「へえ」万作が背中を丸める。

「少し前から役人が来ていたから、おらたちは名主さんに逃げろ、と言ったんだけども、逃げるわけにはいかねえ、と兵内さんは動かなかっただ」

「んだ」白髪頭《しらがあたま》の男が頷く。

「役人にお縄《なわ》をかけられたときも、抗《あらが》ったりせんで、堂々としてただ」

「ああ」若い男が続ける。

「役人に引っ張って行かれるとき、女房子供らがあとを追って泣いてたけんど、兵内さんは振り向かずに行っただよ」

「そんでも」四角い顔の男が拳を振り上げた。

「おらたちは止めただ。名主さんはやってねえっつって。証《あかし》はねえんだから……けど、役人は聞いちゃくれんかった、調べで明らかになったっつってよ」

「ううむ」加門は皆を見る。

「兵内さんは認めたと聞いたが」

ああ、と万作は肩を落とす。

「天狗触れが兵内さんの考えだったのはまちげえねえ。おらも隣の村に回状を持って行ったしな」

「んだ、おらもあっちこっちに貼ってまわったしな」

若い男が言うと、四角顔はまた拳を振り上げた。

「だけんど、証立てはできねえんだ。しらを切り続ければ、助かったかもしれねえじゃねえか」

「いんや」白髪頭が横に振れる。

「兵内さんが認めなけりゃ、誰かが拷問を受けてしゃべっちまったろう。おめえ、言わねえと言い切れるか」

見つめられた四角顔は、顔を赤くして目を吊り上げた。

「おらぁ、ぜってえ言うもんか」

「そうか、だが、つぎつぎに捕まって責めを受ければ、必ず白状するもんが出る。兵内さんは、みんなをそんな目に遭《あ》わせたくなかったんだ」

ああ、と皆が目を伏せる。

加門は低く声を出した。

「兵内さんは覚悟の上だった、ということか。おそらく、お沙汰も覚悟していたのだろう。あれほどの騒動であれば、頭目は獄門を免れない」

四人の目が集まる。

　加門は順にそれぞれの目を見返した。

「こればかりは、郡代様でもいかんともしがたい。しかし、兵内さんは端《はな》からそれも覚悟していたのではないか」

　一つ、大きな息が鳴った。

「へえ」白髪頭が頷く。

「そうだと思いやす」

「だけんど」

　若い男が身を乗り出すのを、白髪頭が止めた。

「御公儀に刃向かったんだ、しょうがあんめえ。おらも命乞いができるとは思ってねえ。だから、せめてうまい物を届けたかったんだ」

「そ、そんな、おらはあきらめねえぞ」

　四角顔が言うと、若い男が横で頷いた。

「そうだったか」万作がうなだれる。

「おらは半々かな、と思ってただ。いや、半分よりもっと、あきらめてたかな」

　万作はそう言って、顔を上げ、加門を見た。

「だから、国で搗《つ》いた餅《もち》を持って来た、それに干《ほ》し柿《がき》も届けたんだ」

「そうか、兵内さんは喜んだろう」

「明後日まで……江戸にいるあいだは、もっと届けるだ。江戸にはいろんな菓子があるもんだってわかったし」

「うむ、それはよい。甘い物は精をつけるからな」

加門は微笑《ほほえ》んでから、その面持ちを戻した。

「そういえば、栄覚という和尚《おしょう》がいたな。天狗触れは和尚が書いたのだろう、死んだというのは本当か」

四人は顔を見合わせて、万作が加門を見返した。

「和尚は自害しただ」

「真に自害、なのか」

「んだ」白髪頭が言葉をつなぐ。

「役人らは、和尚様が天狗触れを書いたっつうのを突き止めただ。おらは心配になってお寺に行ったんだが、和尚様は片付けをしていただよ。捕まれば、拷問を受けて白状するかもしれん、そうなれば、寺は潰される、村の者らが困る、と言ってな」

「なるほど」加門は天井を見上げた。

「寺と村を守るため、自らの口を封じた、ということか」

「へえ」若い男が頷く。

「役人がお寺に向かったと聞いて、舌をかみ切って死んだ、と聞いたで」

加門は目を閉じた。

そうだったか……。加門の瞼《まぶた》に二人の顔が甦った。ともに、正面をまっすぐに見据える眼だった。

六

師走《しわす》の町を歩きながら、加門は道行く人々を見た。普段からせっかちな江戸っ子が、さらに早足になっている。

関村の万作らは、早朝に発ったはずだ。

数日後には、新しい年が明ける。

加門は八丁堀の辻を曲がり、長沢町に入ると足を緩めた。遠目に山県大弐の家が見える。まもなく、講義が終わるはずだ。おそらく、今年最後の講義だろう。

九つの鐘が鳴り、大弐の家から男達の姿が現れた。加門は辻に身を隠し、そっと窺う。隠密同心を襲った二人組に見つかるわけにはいかない。

ゆっくりと辻を横切り、目で道を見つめる。と、待っていた姿が目に映った。岩城平九郎だ。

二人連れで、話しながら歩いて来る。

加門は辻を行き過ぎると、しばらく進んでまたゆっくりと戻った。

岩城と連れが辻に現れ、右へと曲がる。

加門はそのあとを、間合いをとって付けた。

二人はやがて大川に出、永代橋《えいたいばし》を渡って行った。その先は深川《ふかがわ》の町だ。荷揚《にあ》げを生業《なりわい》にしているらしい、筋骨《きんこつ》のたくましい男らが威勢《いせい》よく道を行き交う。

二人連れがその道の途中で止まった。

一軒の飯屋に入って行く。

しめた、と加門は周囲をひとまわりしてから、その飯屋に入った。

二人は小上がりの奥にいた。

加門は「おや」と声を上げて近づいて行く。

「これはこれは、岩城殿ではないか」

見上げた岩城平九郎も「おっ」と声を上げた。

「やや、先日の……」平九郎は向かいの連れに顔を向ける。

「そら、話したろう、野田殿が襲われたさい、助けに入った御仁《ごじん》だ」

「ああ、あの」

同じ歳頃らしい男が、加門を見上げる。

加門は「よろしいか」と、二人の横に上がり込んだ。

「この者は」平九郎が連れを指す。

「青池十市《あおいけといち》と言って、同じ門弟です」

「そうですか、いや、申し遅れましたな、わたしは宮内加右衛門《みやうちかえもん》と申す」

考えてきた偽りの名を告げる。

そこに二人分の飯と汁が運ばれてきた。目刺《めざし》とたくわんも付いている。

「わたしも同じのをくれ」

店の小僧は頷いて戻って行く。

「先に失礼」

そう言って汁椀《しるわん》を口に運ぶ平九郎に、加門は首をかしげて見せた。

「そういえば、あの野田殿は私塾に来ているのですか」

「いえ、あれから姿を見せません」平九郎は椀を置いた。

「傷が悪くなっているのではないかと心配しているのですが、家の所在をくわしく聞いていなかったので、確かめようもなく……」

その言葉に、青池十市が首をひねる。

「神田のほうと言っていたと思うが」

「うむ、確かな、だが、神田は広い」

隠密同心であることを隠して野田という偽名を使っていた守屋は、家の所在もまた偽りを言っていたのだろう。

運ばれてきた飯を受け取りながら、加門は笑みを浮かべた。

「いや、見たところ傷は浅かったので、心配はいらぬと思うぞ」

「そうですか、まあ、あのような目に遭えば、もう来たくはなくなるでしょうが」

平九郎が苦笑すると、十市も肩をすくめ、声を落とした。

「そうだな、来ぬのが賢明だろう、なにしろ、間者などと疑われたのだ」

「ああ、だが、あの二人、なにゆえそのように思ったのだろうな。野田殿は穏やかで、とてもいずこからのまわし者、などとは見えなかったが」

「ああ、人がよかったしな。いくら私塾が御公儀に睨《にら》まれているとはいえ、隠密だの御庭番だのとは思えん。そのような怪しい目ではなかったしな」

十市の言葉に、加門は咳《せ》き込みそうになる。それをぐっと呑み込みながら、腹の底で苦笑した。そんなふうに思われているのか、素人《しろうと》に怪しまれるようでは失格なのだがな……。

「ほう」と、加門は首を伸ばす。

「小耳には挟んでいたが、御公儀に睨まれているというのは本当なのか。いったい、どのような講義だとそうなるのだろう」

「いや」平九郎が首を振る。

「講義そのものは、よく知られていることが多いのです。古くは孫子《そんし》の兵法、それに北条流《ほうじょうりゅう》の兵法、武田流《たけだりゅう》の『甲陽軍鑑《こうようぐんかん》』なども教えてくださいます」

「それと国学や神道《しんとう》などです」

頷き合う二人を加門は交互に見た。

「お二人とも、軍学などを学ばれておられたのか」

「ああ、いえ」平九郎は苦く笑う。

「特に関心があったわけではありません。ですが、我らのような浪人は、御公儀の学問所に通うこともできませんから、私塾はありがたいのです。安く学べるのであれば、なんでも身につけたいので」

「ええ、なんであれ、学問を身につけていれば、いずれ仕官につながるかもしれませんから」

「なるほど、それで山県大弐の私塾は、人が大勢集まっているのか」

十市も目で笑う。

加門がつぶやくと、二人が頷いた。

「そうです、なかには兵法に熱心な者、国学に熱心な者などもおりますが、大方はとにかく学びたい、という者らです」

十市の言葉に、加門は「ふむ」と声を抑える。

「そうした学問なら御公儀に睨まれることもあるまいに」

ああ、いや、と平九郎は声をくぐもらせた。

「まあ、ほかにも山県先生のお考えなどを説《と》かれるゆえ……」

それを遮《さえぎ》るように、十市が咳を払う。

加門はさりげなく、味噌汁《みそしる》の椀を手に取った。

執拗《しつよう》に問えば怪しまれる。

「ほう、この大根はうまいな」

加門は笑みを浮かべて顔を上げた。

「はい」十市も面持ちを弛める。

「深川は野菜を作っている砂村《すなむら》が近いですから、なんでもうまいです。宮内殿は、この店にはよく来るのですか」

「ああ」加門は笑みを保つ。

「ときどき、深川に来た折に寄るのだ。お二方は、この辺りにお住まいか」

「ええ」平九郎が顔をうしろに向ける。

「わたしは平野町《ひらのちょう》に住んでいます。近くのお寺で寺子屋をしているのです」

「ほう、それはよい」

「わたしは今川町《いまがわちょう》です」

十市の言葉に、平九郎が続ける。

「十市は貸家の庭で、植木や草花を育てているのです。花を咲かせるのがうまくて、わざわざ遠くから求めるに来る客もいるのですよ」

加門は「ほう」と目を開いた。

江戸では、狭い路地でも草花や小さな植木を置く者が多い。それらを育て売る者もまた多く、浪人のみならず役人や藩士なども、ひそかにそれで稼ぎを得たりしている。

「それぞれによい仕事ですな」

頷く加門に、十市が上目になった。

「宮内殿は、なにを」

ああ、と加門は微笑む。

「わたしは医術の修業中です。いい歳をしてまだ医者になれていないというわけで」

「や、そうでしたか」平九郎も微笑みを返す。

「よいではないですか、医者となれば安泰だ」

「ああ、羨《うらや》ましい」

十市も目を細める。

いやいや、と加門は椀に顔を伏せつつ、二人の顔を見た。

隠密同心の守屋が言ったとおり、岩城平九郎は気のいい男だ。青池十市も同様、人がいい者同士、馬が合うのだろう。話しやすいのも都合がいい……。

加門は箸《はし》を動かす二人を、上目で見つめた。


永代橋を戻り、道を歩く加門は背中に気を向けた。誰か、近寄ってくる者がいる。

小さく顔を振り向けると、

「ああ、やっぱり」と、声が上がった。

「宮地様」

小走りで寄って来る男は、平賀源内だった。

「や、源内殿でしたか」

向き合う加門に、源内は息を整えながら笑みを見せた。

「はい、うしろ姿でもしやと思ったのです。久しぶりです」

「ええ、秩父《ちちぶ》から戻っていたんですね」

源内は、武州にしばしば行っていた。秩父の山で石綿《いしわた》を見つけ、それを糸状にして火浣布《かかんぷ》を織ったのは、武州の名主の家でのことだった。加門は伝馬騒動の探索の折にその名主と知り合い、そのことを聞いていた。

「はい、山は今、雪が積もっていますから」源内は北西の方向を見る。

「春になったらまた行きます。ですから、正月は江戸、で、田沼様、田沼様のお屋敷に伺おうと思っているのです。ですが、公方様のお覚えめでたい田沼様、正月は来客も多いことでしょう。なにしろ、普段でもお屋敷に伺うと、必ずお客が幾人も……で、わたしなんぞはお目にかかれずに帰る始末。まあ、正月はなおさらでありましょうが。で、」

宮地様は行かれないのですか」

「ああ、源内殿の言うとおり、正月は来客で大変だろうから、わたしはゆっくりと待つつもりでいます。それに、正月はわたしも用があるゆえ」

「はあ、そうですか、いや、わたしも正月は暦《こよみ》の交換会などがありまして、なにかと用が……ああでは、いかがでしょう、正月の晦日《みそか》にお邪魔する、というのは、ごいっしょに」

手を広げ、笑みを見せる源内に、加門は「ほう」と顎《あご》を撫でた。

「三十日か、それならば……」

「はい、その頃には、来客も引いているでしょう。いえ、わたし、お忙しい田沼様を一人で訪ねるのは、どうにも気が引けるところがありまして、なにしろ、客はひっきりなしに来るわけで、一人だとどうしても遠慮してすぐさま辞さねばならないという気になりますし。ですが、宮地様がおられれば、ゆっくりと話しをしても、気兼ねをせずともよいかと。いかがです」

加門は意外な言葉に、目を見開いた。源内殿は遠慮など知らない御仁かと思っていたが……。思わず笑いがこぼれそうになる。

「ふむ、そうですね、それはいい考えだ。では、正月晦日、ともに行きましょう。源内殿ともゆっくり話しができるのは、楽しみです」

「おお、そうですか、それはありがたいことです。では、申《さる》の刻（午後四時）に、呉服橋御門《ごふくばしごもん》前で落ち合うというのはいかがでしょう。御門も宮地様といっしょなら通るのもたやすくありがたきこと。いえ、厚かましいこととは存じますが」

お濠にある御門は、通る者を門番が調べる。が、幕臣など、手形を持つ者は通るのも簡単だ。

「ええ」加門は笑顔で頷いた。

「いいですよ、では、そうしましょう」

そう言いながら、加門の目が源内の背後に吸い寄せられた。

近寄って来ていた男が、源内の少しうしろで立ち止まったのだ。先ほどからゆっくりと子《し》を乗せており、その下の顔はなんともいえぬ色香がある。歌舞伎《かぶき》役者に違いない。頭には紫色の野郎帽《やろうぼう》
あ、と加門は思い当たった。人気を博している女形《おやま》瀬川菊之丞《せがわきくのじょう》は、平賀源内とわりない仲だと聞いたことがあった。源内は衆道《しゅうどう》であることを隠していない。

そうか、この御仁が菊之丞さんか……。すらりとした艶《あで》やかな姿を、加門は見て、目顔で会釈をした。

菊之丞も小さく膝を曲げ、小首を斜めにする。

振り返った源内は、

「や、こりゃすまない、またせたね」

菊之丞に笑みを向けた。

「では」と加門に頭を下げる源内に、加門も同じようにして踵を返す。
数歩歩いてから振り向くと、源内と菊之丞が人々に囲まれていた。
人気者だな……。加門はつぶやくと、また、師走の町を歩き出した。

第二章　黒幕《くろまく》探し

一

年明けて明和三年（一七六六）。
加門は評定所への道を行く。
先日、郡代伊奈半左衛門からの書き付けが届けられていた。
「一月二十二日、遠藤兵内の詮議をいたすこととなりしゆえ、お報《しら》せ申し上げ候《そうろう》。
未《ひつじ》の刻（午後二時）、門前にてお会いいたしたく候」
十二月、伊奈に会った折のことを、加門は思い出していた。
一月に詮議をするという伊奈の言葉に、加門は願いを申し出ていた。
〈その詮議、わたしも陰から見せていただくわけにはいきますまいか〉

兵内が最後、御公儀に対してどのように臨《のぞ》むのか、知りたかった。

伊奈は少し、沈思《ちんし》してから頷いた。

〈では、詮議の日時が決まりましたら、お報せいたしましょう〉

おそらく、と加門は曇天《どんてん》を見上げた。これが最後の詮議となるはずだ……。

伊奈は伝馬騒動を収めた功績により、勘定奉行にも任じられ、郡代と兼務している。一揆は勘定奉行と郡代の管轄であるから、伊奈の詮議で最後の道筋が決まる。その伊奈の落着請証文《らくちゃくうけしょうもん》が上に出され、評定所の諸役によって沙汰が下されるはずだ。

評定所の門前で待つと、すぐに伊奈が供を連れてやって来た。

「お待たせいたしました」

「いえ、今、着いたところです」

礼をした加門は伊奈に続いて、評定所の内へと入った。

庭の白洲《しらす》と向き合った座敷が伊奈の席だ。

伊奈は「こちらへ」と加門を座敷脇の廊下へと誘《いざな》った。

「いえ、わたしは庭の隅からでも」

手を振る加門に、伊奈は「いや」と首を振る。

「郡代様、そちらは」

　控えていた役人が、加門を覗き込んだ。

　伊奈は抑えた声で返す。

「御庭番のお方である。伝馬騒動の折には御下命を受けて探索をなさり、わたしもいろいろと助けていただいた。こたびの詮議をお見届けなさる」

「はっ」と役人はうしろに下がって、慌てて頭を下げた。

「御無礼を」

　御下命という言葉は、役人を恐縮させる。

「さ」と促され、加門は廊下に腰を落ち着けた。

　白洲がよく見える。

　伊奈も着座し、まもなく兵内が引き出されてきた。

　加門はそっと横目で見る。ほぼ一年ぶりだが、さほど面立ちは変わっていない。揚がり屋に入れられていたせいだろう。

「面《おもて》を上げよ」

　伊奈の声が白洲に落ちていく。

　去年の六月に捕らわれて、すでに半年。去年の秋にはあらかたの詮議はすんでいる。なおかつ時をかけたのは、山県大弐が裏で糸を引いたのではないか、という公儀側の疑いがあったためだ。が、その疑いを証立《あかし》てることは、最後まで出来なかったのだろう。その件に関しては、もはや問うことはやんでいた。

伊奈の声が、響く。天狗触れをまわし、人々をたきつけた罪を語り、兵内に問う。

「間違いはないな」

「はい」

兵内が頭を下げる。

過酷な増助郷は、それによって取りやめになった。さらに今後、新たな伝馬を課すことはしない、という約束まで取り付けた。

兵内は腰を伸ばし、堂々と顔を上げた。

伊奈がその顔を見つめる。

「なにか、言いたいことはあるか」

「畏《おそ》れながら」兵内は膝で、前へと進む。

「百姓を食い物にしてきた、悪い名主らを罰してくだせえ」

一揆勢は、十三人の名主に打ち壊しをかけた。名主らは伝馬の上前をはね、財をなした者らだ。百姓が人や馬を出す代わりに金を納めると、その金で安い馬と人を雇う。浮いた金を懐に入れ、蔵を建てた者もいる。その儲《もう》けに味をしめ、自ら公儀に増助郷を願い出た者もいた。

「あいつらを許している限り、百姓はいつまでも食い物にされるだ。あいつらの欲はとどまるところがねえ。どうか、あのあくどい名主らをも、罰してくだせえ」

伊奈がゆっくりと頷く。

「あいわかった。我らも名主らの非道を許すつもりはない。罰を与えるゆえ、安心するがよい」

「へ、へい」

兵内が身体を折り、頭を下げる。

加門はその兵内と伊奈を、目だけ動かしてそっと見た。

伊奈は目を半眼に閉じると、ふっと息を吐いた。

「遠藤兵内、詮議はこれにて終わりだ。追って沙汰が下る。よいな」

「へえ」兵内が顔を上げる。

「これで安心して、三途《さんず》の川が渡れますで。郡代様、ありがとうごぜえます」

晴れ晴れとした兵内の顔を加門は見た。

「これにて落着」

伊奈の声で、兵内が引き立てられる。

立ち上がった兵内が、空を見上げた。が、すぐにせき立てられて、歩いて行く。そのうしろ姿を、加門は最後まで見送った。

永代橋を渡って、深川の町へと加門は入って行った。

今川町、とつぶやいて道を曲がっていく。

町の並んだ小道をゆっくりと歩いていた加門は、その足を止めた。

小さな家の狭い庭に、何段も階段のように作られた植木棚があり、植木鉢が並んでいる。その前に屈《かが》んでいるのは、青池十市だ。

「やあ、ここだったか」

加門が声をかけると、十市はその顔を向けた。

「あ、これは、宮内殿……」

「入ってもよろしいか」

庭を隔てる竹の柵《さく》には戸がついているが、内に開いたままだ。

「ええ、どうぞ」

十市の笑顔に誘われ、庭に入った加門は、並んだ植木鉢を眺め渡した。

「いや、ずいぶんと多い。これは椿《つばき》と見える」

「はい、そうです、もう花は終わりかけですが」

「ほう、山茶花《さざんか》はあるだろうか」

ええ、と十市は奥へと腕を伸ばす。

「この辺りがそうです。山茶花をお探しですか」

うむ、と加門はその前に立った。

「母が山茶花を植えたいと言い出したのだ。それを聞いているうちに、青池殿のことを思い出し、こうして訪ねて参ったというわけだ」

「そうですか、思い出していただいたとは、ありがたい……して、何色がよいのでしょう。赤と薄紅、白がありますが」

「薄紅がほしい、と言うていたな」

「そうですか、では、一重《ひとえ》と八重《やえ》、どちらが」

「む、両方あるのか」

加門のつぶやきに、十市が頷く。

「花が咲いているものはすべて買われてしまったので、お見せできませんが、これは薄紅の八重です。この冬は一輪しか咲きませんでしたが、今年はもっと咲くはず」

「八重のほうがよいのだろうか」

「好みですが、八重のほうが華やかです」

「ほう、なれば、八重にいたそう。父の供養《くよう》という気持ちもあって花を植え出したので、華やかなほうがよさそうだ」

「ご供養、ですか。お母上はお寂しくあられるでしょうね」

「うむ、毅然《きぜん》としてはいるが、父が手入れをしていた庭をいじることで、慰められているように見える」

ああ、と十市は目を伏せる。

「残された者は、胸の内が空《うつ》ろになりますからね。されど、お母上のほうが残られたのは、まだしもです。うちは父のほうが残ったので、いろいろと」

苦笑を浮かべる十市に、加門は「ほう」とその先を目顔で問う。それを読んだ十市は、苦い笑いのまま言葉をつないだ。

「もう、十数年前のことです。母が病で亡くなると、父は呆然《ぼうぜん》となりました。人の呼びかけも耳に届かず、なにも手に着かないようすで。ただ、酒ばかりを飲むようになってしまいました」

加門は頷く。

「わたしの知り合いにもいたな。妻に先立たれたあと、仕事にも行かなくなり、一年足らずであとを追ってしまった者が」

「そうですか」十市の苦笑が消える。

「いや、うちもそうだったのです。酒を飲み続けてだんだんと顔色が悪くなり、寝込むようになって、ある日、死んでしまったのです。そうか、ほかにも似たようなお人がいるのですね」

「ああ、医術を学んでいると、そうしたお人をしばしば診る。妻に先立たれた男は、弱いとつくづく思い知る」

今度は加門が苦笑した。

「やぁ、そうですか」十市は晴れやかな笑顔になった。

「わたしは父を情けないと思うていたのですが、これでちと、気持ちが晴れました。いや、よい話が聞けました」

加門はその笑顔に、笑みを返す。

「では、青池殿はお父上亡きあと、家を支えてこられた、というわけですな」

「いえ、支えるというほど大した家ではありません。妹が一人、いただけですから。植木も父がやっていたのを引き継いだだけですし」

「ほう、しかし、妹御を育てられたのなら、大したものだ」

「いや、育てたといっても、小銭を稼いだだけのこと。飯を炊《た》くようになったのは妹ですし、わたしは逆に世話を焼かれました」

「はあ、妹は出来がよかったのです。なにかと器用だったので、武家に女中奉公に上がり、そこでよい縁談をもらいました。比べてわたしは、このありさまです」

「いいご兄妹だ」

また、苦笑する十市に、加門は首を振った。

「しかし、私塾に通われているのだ、向上心があるのは立派なこと」

「はあ、それは」十市は頭をかく。

「一応、武士ですので、できれば仕官をしたいと思うております」

「ほう、確か山県大弐殿も大岡《おおおか》様の家臣であったと聞いたが」

九代将軍徳川家重《とくがわいえしげ》の御側御用人《おそばごようにん》を務めた大岡忠光《ただみつ》は多くの家臣を抱えていた。できるだけ浪人を減らしたい、という考えで、加増のたびに用人《ようにん》を増やしていたからだ。山県大弐もそうして召し抱えられた家臣の一人だった。が、忠光亡きあと、大岡家では増えすぎた家臣を抱えきれず、あとから召し抱えられた者らの多くが、再び浪人に戻っていた。

「そう聞いています」十市が頷く。

「私塾に通う者のなかには、ほかにも大岡家の用人だったお人がいます。大岡様全盛の頃にはわたしはまだ若く、とてもお屋敷に行く勇気はありませんでしたが」

ふむ、と加門は小首をかしげた。

「今は公方様の御側御用取次であられる田沼意次様が、御加増のたびに家臣を増やしていると聞いたが」

「あぁ」十市は首を掻く。

「いや、その噂を聞いて、一度、お屋敷に行ってみたことがあるのです。そこには幾人かの浪人が、やはり仕官目当てに来ていましたので、案内を待つあいだ、話をしました。すると、それぞれに武術に長《た》けていたり、算盤《そろばん》が得意だったり、学問にすぐれていたり、あ、普請にくわしいお人もいました。で、取り柄のないわたしは気後《おく》れしてしまって、すごすごと帰って来たのです」

歪めた顔を赤らめて笑う十市に、

「なるほど」加門は頷いた。

「それゆえに、山県大弐殿の私塾に通うことになった、というわけか」

「はい」十市が苦笑のまま、声を落とす。

「せめて、学問を身につけたいと思い、通うことにしたのです。実は、軍学も国学もどのようなものか、よくわかってはいなかったのですが」

再び首筋を掻く十市に、加門は微笑んだ。

「なに、学問など、やってみてその中身がわかるもの、とにかく学んでみるのはよいことだ」

はあ、と十市はやっと面持ちを弛めた。

「いや、そう言っていただけると」

そこに声が飛んできた。

「植木屋さん、お客だよ」

柵の向こうから、町人が手を振っている。案内して来たらしい、身なりのよい客が庭を覗き込む。

「ああ、では」加門は棚に手を伸ばした。

「八重の薄紅はこれでしたな。いかほどか」

「あ、はい……」

言われた金を渡して、加門は植木鉢を抱えた。

「また、話したいものだ」

「ええ、ぜひ」十市が笑顔になる。

「あの飯屋にはいつも行っていますし」

「うむ、ではまた」

加門は山茶花の鉢を抱えて外の道に出る。

振り返ると、十市が客と対しながらも、加門に会釈を向けた。

二

一月三十日。

加門と源内が田沼家の部屋で待っていると、しばらくして意次が入って来た。

「やあ、すまん、待たせた」

「いや、大丈夫だ」

微笑む加門の横で、源内が頭を下げる。

「お忙しいところを、恐縮です」

「いやいや、お城のほうに急な客があっただけのこと」

笑いながら、意次は向かい合って胡座《あぐら》をかく。

「むしろ源内殿のほうが忙しいであろう。本を書いたり、絵を描いたり、暦を作ったりと」

「いえ、わたしのすることなど、ほんの戯《たわむ》れ、なれど、今年の暦を持って参りましたので、のちほど」

「ほう、して、また秩父に行かれるのか」

問う意次に、加門が答える。

「春にまた行くそうだ」

「はい」源内が頷く。

「今年こそ、金の鉱脈を見つけるつもりです。なに、いい山師《やまし》に会ったので、わたしも岩の見方などがわかってきました。岩というのは、真に多くを語るもので、その色や堅さなどから、なにを含んでいるのか、まあ、それは薬石《やくせき》においてもすでに学んではいたのですが、薬と鉱脈とはまた全く違うもので、実に面白いのです」

ほう、と加門と意次はともに源内を見つめる。

「しかし」加門が口を開く。

「火浣布はもう織らないのですか」

「ああ、あれは去年、『火浣布説《かかんぷせつ》』という本に仕組みなどを書きましたから、誰か作る人が出るでしょう。なに、作り方がわかれば、さほど難しいものではありません」

ほう、と加門は思わず笑いを落とした。

「なるほど、源内殿はやり遂《と》げてしまったことは、手放しても惜しくないと見える。むしろ、新しいことに気が向く質《たち》ですな」

ふむ、と意次も頷いた。

「常に困難に向かうことで力が湧く、という質か、いや、それはよくわかる」

「ああ」源内が手を打った。

「そうか、言われてみればそうですな。よく目移りが激しい、八方手を広げすぎるなどと咎《とが》められることがありますが、いや、お二方の言われるとおり、そういう質だということです。これから、悪口《あっこう》にはそう言い返すことにしましょう」

ははは、と笑う源内に二人もつられる。

「だが」意次が真顔になった。

「本当に金鉱が見つかれば、ありがたい。外国《とつくに》との交易では、売る量よりも買う量のほうが多く、金銀銅が出て行くばかりだ。裏でのやりとりも多く、値を崩している者もいる。今年は銅座《どうざ》を開所して、管理を厳しくしようと考えているのだが」

意次は去年、人参座《にんじんざ》を開いて、高価な朝鮮人参《ちょうせんにんじん》の売買を、公儀で管理するようにした。

「ふむ、そうだな」加門も顔を引き締める。

「値の張る物ほど、闇での流れができやすい。そこでの儲けは、ひそかに誰かの蔵にしまわれるのだから、きっちりと支配する仕組みは大事だな」

「うむ。これまでのように米ばかりに勘定を頼るのは、危うい。年によって出来不出来が左右される米では、相場が乱れるゆえな。もっと銭金をまわすようにせねば、相場を安定させるのは困難だ。そういう面からも、新しい金鉱が見つかれば、国の勘定にとって望ましいのだが」

意次の言葉に、源内が腰を浮かせる。

「は、そのためにも、わたしは金脈探しに尽力をいたします。雪どけとともに、山に入ることにしましょう」

胸を張る源内に、加門と意次が目元を弛める。

「いや、源内殿は頼もしい」

意次は笑顔で廊下に顔を向けた。

「誰かある」

その声に、近くの廊下で控えていたらしい家臣の声が上がった。

「はっ」

障子を開いた家臣に、意次が頷く。

「膳を頼む。もう整っている頃だ」

え、と恐縮する源内に意次は微笑んだ。

「久しぶりだ、ゆっくりと話そうではないか」

「はあ、これはありがたきこと。いや、これも宮地様のおかげ」

ぺこりと礼をする源内に、加門も微笑む。

「いや、源内殿の話は面白い、そのおかげだ」

いやあ、と言いつつも源内は胸を張る。

廊下をいくつもの足音がやって来た。

出汁《だし》や揚げ物のうまそうな匂いが、流れ込んできた。


外桜田《そとさくらだ》、御庭番組屋敷。

外へ出た加門は、そっと奥へと歩いて行った。

同じ囲い内に、大奥の屋敷がある。病などで城から下がった奥女中が養生するための屋敷だ。

塀で仕切られてはいるが、戸もあるし端は切れていて、中が窺える。

加門はそっと首を伸ばした。

去年、普請がはじまった屋敷が、すっかりできあがっている。

大奥の女中で最高位の上臈御年寄《じょうろうおとしより》、高岳《たかおか》の屋敷だ。京風の造りになっているのは、高岳が公家《くげ》の出であるためだ。

家治の御台所《みだいどころ》となった五十宮《いそのみや》に付き従って、高岳は江戸城に入った。上臈御年寄という位は御台所の話し相手であるため役目などなく、仕事は元から大奥に務める局《つぼね》らがこなす。が、高岳は違った。大奥の差配に関して口を出し、力を振るっていた。

その権威を目当てに付け届けをする商人も多い。さらに、一昨年には、仙台藩《せんだいはん》が動いた。藩主の伊達重村《だてしげむら》の使いが、高岳に付け届けをしたのだ。

その目的は、伊達重村の官位だった。重村は常に薩摩藩主《さつまはんしゅ》に対抗している。薩摩藩主が少将《しょうしょう》から中将《ちゅうじょう》に官位が上がったため、同じく位を上げてほしいと、公儀に働きかけたのだ。

伊達家の使いは老中松平武元にも大枚《たいまい》を捧げ、高岳にも同じく付け届けをした。さらに、田沼意次の権威にもすがろうと、弟の田沼意誠《おきのぶ》にも付け届けをした。意次に目通りができるようにつなげてくれ、という意図だった。困った意誠が兄に告げると、意次は〈来るに及ばず、用件は書面で〉と答えを返したのだ。

　高岳は伊達家の付け届けを受け入れ、命じたのが屋敷の建立《こんりゅう》だった。

　その屋敷を、加門は塀の隙間からそっと見つめた。

　秋には縁側の近くに、梅の木も植えられたのを見ていた。今、紅梅が鮮やかに花開いている。風に乗って、ほんのりと香りが漂ってくる。

　見事な物だな、しかし、無駄な出費をしたものだ……。加門は胸中でつぶやいて、そっとその場を離れた。一年以上が経つが、伊達重村の官位は変わっていない。

　屋敷に戻った加門は、そのまま庭に歩み寄った。

　しゃがんでいる母光代《みつよ》の横に立ち、その手元を覗き込む。

「山茶花は根付いたようですね」

「ああ、驚いた」母が顔を上げる。

「家にいるときには足音を消さずともよいでしょうに」

　母の苦笑に、加門も「はい」と苦笑する。足音に気づかなかったのは、おそらく耳が遠くなっているせいだろう。が、それは言うまい。

「ご覧なさい、葉っぱがつややかでしょう。やはり、土に植え替えてよかったのです。小さい鉢のままではかわいそうですもの」

「そうですね、土のほうが伸びがよいことでしょう」

「ええ、きっと今年の冬には花が咲きますよ、楽しみだこと」

光代が目を細める。

よかった、と加門も目元を弛めた。先行きのことを楽しみにする限り、元気は続くだろう……。

「父上」

その背後に声がかかった。

廊下から、長女の鈴《すず》が手を振っている。

「おう、どうした」

上がって行くと、部屋に引き入れられた。次女の千江《ちえ》が、畳の上の紙を覗き込んでいる。

「ほう、また盲暦《めくらごよみ》を見ていたのか、すっかり気に入ったようだな」

源内の作った暦だ。暦と言っても、文字はなく、絵が並んでいる。もともと地方の農村などで使われていたものだが、近年では、その絵解きの面白さから江戸でも作る人が増えていた。さらに、作者が集まって交換会も行われるようになっていた。

「これはなんですか」

鈴の指さす絵を、加門は覗き込んだ。芥子《けし》の花の横に、二つの点がついている。

「ふむ、これは夏至《げし》だ。昼間が一番、長い日だ」

これはほかの暦でもよく使われている絵だ。さすがの源内殿も、これ以上は思いつかなかったか……。

ふうん、と姉妹は首をかしげる。

「盲暦というのは、目の見えない人もわかるのですか」

「ああ、いや」加門はゆっくりと口を開く。

「そうさな、灯りの見えない人は目が暗い、それとは別に、字の読めない人も目が暗い、ということで、盲暦という名がついたのだろう。字を知らない人でも暦がわかるように、という親切心だ。お百姓にとって、暦は大切なものだからな」

鈴がまた首をひねる。

「字がわからないというのは、千江のような子ですか。わたしは習っているので、ずいぶんとたくさんの字が読めるようになりました」

ううむ、と加門は子を見る。

「世の中には字を習えない人もいるのだ。田舎に行けば、寺子屋はない。教えてくれる人も少ない。それに、仕事が多くて、字を習う暇がない、など、いろいろなわけがあるのだ」

首を反対側にひねる鈴の頭を、加門は撫でた。

「そうだな、もう少し大きくなったらわかるようになる、字を習えるのはありがたいことだとな。今は、修練をしなさい」

「はい」

頷く鈴を腹這いになった千江が見上げる。

「これ、鬼」

「それは節分だもの」

加門は微笑んで二人の娘を見る。が、頭の中では、武州の風景が甦っていた。おそらく兵内はそれほど字が書けなかったのだろう。ゆえに、僧侶の栄覚が天狗触れの筆を振るったに違いない。その栄覚はすでにいない。そして、やがて兵内も……。

加門は武州の風を頰に思い出し、そっと手を当てた。

三

二月十二日。

加門は評定所の門前で郡代の伊奈半左衛門と落ち合った。

ともに中へと入るが、以前のように座敷に上がることはせずに、庭へとまわった。

座敷には老中や寺社奉行、町奉行らが並んでいる。伊奈もそのうちの一人だ。

白洲の筵《むしろ》には、すでに兵内がかしこまって座っていた。

沙汰が下される日だ。

加門は庭の隅から、兵内を窺った。震えるでもなく、顔色も変わりがない。覚悟ができている姿だ。

伝馬騒動はこれまでの一揆とは違う。

これまでも数々の一揆が起きたが、地方で起きる一揆は、その藩主や代官への抗議だった。が、伝馬騒動は公儀そのものに対しての蜂起《ほうき》だった。公儀の御下命に逆らい、十万とも二十万ともいわれる百姓衆が、鍬《くわ》や鋤《すき》を手に、江戸を目指したのだ。そして、その願いは通り、公儀に御下命を撤回させた。それは、公儀の威信を揺るがす、という前代未聞《ぜんだいみもん》の一揆だった。

加門は騒動の大群衆を思い出しながら、目を伏せた。面目を潰された公儀が、情けなどかけるはずはない。今後の見せしめのためにも、罰は一つしかないだろう……。

座敷で人が動いた。

巻紙を手に取り、広げたのは老中松平輝高《てるたか》だ。

輝高は高崎藩主《たかさきはんしゅ》でもある。中山道が通る高崎藩では、伝馬騒動で多くの百姓が一揆に合流した。そのこともあって、松平輝高が沙汰読みをする役になったに違いない。

「関村名主遠藤兵内……」

輝高の声が響き、罪状を読み上げる。

兵内は頭《こうべ》を垂れ、じっと聞く。加門は目で交互に追った。

「百姓難儀のこと重しとし、天下の御政道を軽んじ、徒党し、頭取として狼藉《ろうぜき》のいたしかた、重々不届《ふとど》きにつき……」

兵内は神妙に頭を下げている。

「獄門、申しつける」

兵内の姿勢は変わらない。

輝高の声は続いた。

「そのほか、名主甚左衛門《じんざえもん》ほか十二名、増助郷を願いいたし段、不埒《ふらち》につき、追放を申しつける。家財は妻子に下すものとす」

兵内の顔が上がった。

その目が伊奈を見る。

伊奈の目が頷く。兵内は口を動かし、深々と頭を下げた。

「ありがとうございます」

その声は庭に立つ加門の耳にも聞こえた。

「以上」

輝高が立ち上がると、周囲の人々もそれに続いた。

兵内はいま一度顔を上げると、伊奈を見上げる。

伊奈は立ち上がりながら、小さく顔を巡らせた。双方の目が、互いを捉えるのが見てとれた。

加門は、ゆっくりと踵を返し、引き立てられる兵内に背を向けた。


翌十三日。

加門は小伝馬町の牢屋敷へと向かっていた。

昨日、獄門を申しつけられた兵内が、今日、その刑を受けることになっている。

気にすまい、と思っていたが、やはり落ち着かず、足が向いた。

陽は西に傾き、空は茜色《あかねいろ》に変わりつつある。

斬首《ざんしゅ》の刑には、それぞれのやり方がある。

最も軽い下手人《げしゅにん》は、首を刎《は》ねられるだけで、首も身体も牢屋敷の外へ捨てられる。

身内はそれを引き取ることができるのだ。が、首と身体をつなげることは許されていない。斬首をされるのは昼間だ。

次に重い死罪は、首をはねられたあと、身体は試し斬りに使われる。

さらに重い獄門は、身体の試し斬りは同じだが、首は衆目に晒《さら》される。

死罪と獄門の斬首は、夕刻に行われるのが習わしだ。

歩く加門の目に、牢屋敷の長い塀が見えて来た。

加門は近づきつつ、ある人影に目を留めた。

表門の前で、右に左にうろうろと動き続けている。

あれは、と走り寄り、

「万作さん」

加門が呼びかけた。

「あ、医者の先生」万作も駆け寄って来る。

「先生、兵内さんが……」

加門は伸ばしてくる腕をそっとつかんだ。

「ずっと江戸にいたのか」

「いんや、里で代官所の役人に、お沙汰が出ると聞いて、昨日、駆けつけて来ただ。

ゆんべ、宿で聞いたら、獄門じゃと……」

ああ、と加門は目顔で頷く。

「だが、兵内さんが郡代様に願ったとおり、悪い名主らにも罰が下された」

「そ、そりゃ……けんど、兵内さんが……」

加門は右腕をつかんだまま、そっと引いた。

「あちらへ行こう」

塀をまわり込んで、歩く。

斬首の刑場は牢屋敷の中にある。庭の一画、東北に位置する場所だ。

加門はそこまで行くと、立ち止まった。塀の下にはぐるりと細い濠が巡らされ、水が張られている。

「この奥だ。ここからなら、声が届く」

へ、と万作は塀を見上げた。白壁の上には瓦葺《かわらぶ》きの屋根が乗り、その上には、鉄の棒がずらりと立ち並べられている。

「こ、ここ……」

塀を見上げる万作に、加門は黙って頷く。

おそらく、すでに刑場に引き出されているはずだ。

申《さる》の刻（午後四時）の鐘を合図に、刑は執行される。

おろおろとする万作の肩に、加門は手を置いた。

万作は頷くと、

「兵内さん」

と、声を出した。が、掠《かす》れて震えた声は響かない。

「ひょ、兵内さん」

今度は震えが消えた。

「兵内さーん」

大声が出た。

万作は大きく息を吸い込むと、さらに口を開いた。

「兵内さぁん、おらだ、関村の万作だぁ」

塀にぶつかり、声が響き渡る。

「お、お……ふえさんも子ぉらも達者だ、村で世話してるで、安心してくんな」

ふえというのは女房の名らしい。

加門も塀を見上げる。と、塀の内から、響きが伝わって来た
「おおおおぅ」

兵内の声に違いない。

「ああ、兵内さん」

万作も大声を返す。

加門は耳を澄ませた。

遠くから時を告げる鐘の音が聞こえてくる。申の刻は、七回の鐘を鳴らすが、七つの前に三回ほどの捨て鐘が鳴らされるのが常だ。

この牢屋敷から少し離れた日本橋の石町《こくちょう》にも、時の鐘がある。江戸に一番最初に設けられた鐘だ。が、まだその鐘の音は聞こえてこない。万作の声だけが響く。

「兵内さん、みんな、みぃんな、礼を言ってるだよ」

石町の鐘は、情けの鐘とも呼ばれている。牢屋敷で斬首がある日には、鳴らすのを遅らせてくれるのだと、人々が伝えているせいだ。

石町の鐘が鳴った。

加門は目をつぶる。

万作は踏み出し、さらに声を上げる。

「兵内さぁん、村はでぇじょうぶだ」

鐘がまた鳴った。余韻が静かに広まっていく。

「兵内さぁん」

そう叫ぶ万作の肩を、加門はつかんだ。

振り向く万作に、そっと首を振る。

え、と目を見開く万作に、加門は目を伏せた。

塀の内はしんと静まりかえっている。

加門の意に気づき、万作は口を震わせた。そこから、声にならない音が洩れてくる。

喉が鳴り、顔が引きつる。

「あぁあぁぁ」

崩れ落ち、膝をつくと、顔を覆った。

肩を震わす万作の横で、加門はじっと佇《たたず》んだ。

苦しそうな息が、やっと落ち着いた頃、加門はその背にそっと手を添えた。

「行こう、兵内さんが出て来る」

万作は荒い息を繰り返しながらも、ゆっくりと立ち上がる。

加門は万作の背に触れたまま、塀沿いに歩き、さらに裏側にまわり込んだ。

その先には裏門がある。

斬り落とされた首は、水で洗われ、俵《たわら》に詰められることになっている。その俵に青竹が通され、担がれて運ばれるのだ。

おそらく、と加門は関村近くの川を思い出していた。

江戸における獄門首は、鈴《すず》ヶ森《もり》か小塚原《こづかっぱら》に晒されるのが常だ。が、在所の者に対しては、その悪事を犯した場所で晒されることになる。

加門は裏門を指さした。

「あそこから、兵内さんの首が出て来る。おそらく今夜中に板橋宿《いたばしじゅく》まで行くだろう」

「あ、ああ、そんなら」万作は濡れそぼった顔を袖で拭く。

「おらぁ、ついて行くだ。いっしょに国に帰る」

「そうか、それは兵内さんも心強かろう」

加門はそっと離れた。首の入った俵まで見るのは忍びない。

「では、わたしはここで」

下がる加門に、万作はあわてて身を正す。

「あ、あの、ありがとさんでした」

いや、と首を振り、加門はゆっくりを背を向けた。

小さく振り返ると、万作が深々と頭を下げていた。

うつむきがちに歩いていた加門は、大きな辻でふと、顔を上げた。

そうだ、湯屋《ゆうや》に寄って行こう、と屋敷とは逆に曲がる。

重い気持ちのまま帰れば、家の者に笑顔で対することはできない。むしろ、怒らなくてもよいことを叱りつけてしまうかもしれない……。

加門はいくども行ったことのある大きな湯屋へと足を向けた。客が多く賑《にぎ》やかな湯屋だ。職人らの威勢のよい声が、湯気の中にこだまする。その話のほとんどは、食い物や遊びの、たわいもない話だ。

それを聞きながら湯に浸れば、喉元を塞《ふさ》いだものが流れる気がする。

加門は見えて来た湯屋へと、足を速めた。

四

八丁堀の路地から、加門はゆっくりと出た。

左手に、長沢町の山県大弐の家が窺える。真昼を知らせる鐘が、風に乗って響いてくる。まもなく三月になることを肌で感じさせる温かな風だ。

加門は道を横切りながら、私塾から出て来る人々を見た。

あ、と口中《こうちゅう》でつぶやく。以前にも見かけた、身なりのよい男達の姿が現れたからだ。先頭を歩くのは小幡藩《おばたはん》の江戸家老吉田玄蕃《よしだげんば》だ。そのあとに数人の藩士が続いて行く。

吉田玄蕃は、山県大弐の私塾に通っている。玄蕃に誘われた藩士らも、私塾に出入りしているのだ。門弟の多くが浪人であるなか、その身なりの良さが目立っていた。

そのあとを追うように、一人の男が出て来た。

「吉田様」

駆け寄って、話しかける男は、月代《さかやき》のない総髪で、その上に髷《まげ》を置いている。

加門は横目で注視した。山県大弐だろうか……。

まだ、山県大弐の姿を確かめたことはない。かつては医者をしていたこともある山県大弐であるから、総髪はいかにもありうる。

話が終わったらしく、男は小さく礼をした。

吉田は追うように頷き、また歩き出した。

踵を返した男に、別の者が近寄って行く。門弟らしい浪人姿だ。

「藤井《ふじい》先生、先ほどのお話ですが……」

加門は足を緩めてそちらを見た。あれが藤井右門《うもん》か……。

藤井右門は京からやって来た男だ。

宝暦八年、師として仰いでいた竹内式部《たけのうちしきぶ》が捕まったため、京から逃げ出した者だった。

竹内式部はその数年前から、朝廷に仕える公卿《くぎょう》のうちの一人、権大納言徳大寺公城《ごんだいなごんとくだいじきんむら》のお抱え学者となっていた。越後《えちご》から出て来た式部は儒学、国学、軍学などを学び、徳大寺に認められていた。

その勧めもあって、やがて公卿や公家衆らにも講義をするようになり、式部の講義は評判となった。話を聞きたがる者は増え続け、一日に八回も講義をせねばならないほどに膨れ上がった。それほどに公家を心酔させたのは、式部が講義の柱とした垂加《すいか》神道《しんとう》の考えだった。

天照大御神《あまてらすおおみかみ》を祖とする天皇こそが、国を統《す》べるにふさわしい、支配者は天皇たるべし、と垂加神道は唱える。

もともとは山崎闇斎《やまざきあんさい》が唱えた説であり、その後、それを受け継ぐ者のなかに、竹内式部もいたのだ。

政から遠ざけられていた公家らにとって、それは溜飲《りゅういん》の下がる思想だった。やがて、それは天皇にも伝わり、若き桃園《ももぞの》天皇も講義を聴くまでになった。

が、そうした動向はまた、公儀の耳にも伝わった。

宝暦六年には、当時、京都所司代《きょうとしょしだい》を務めていた松平輝高が、竹内式部に詰問をすることとなった。

そもそも、徳川が治める平和な世に、軍学は必要ない。軍学自体、公儀は快く思わないため、それを教えてはいないか、と問い質《ただ》したのだ。

否、と答えた竹内式部に、それ以上問うことはせずに、放免となった。公儀としても、まだ捕らえるほどの証をつかめていなかったのだろう。

それが動いたのが、宝暦八年だった。

〈将軍家重を江戸から追い出して日光に送り、御政道を朝廷に取り戻せ〉

そう、式部は公然と言い放っていた。

それは、長年朝廷を取り仕切ってきた、摂関家《せつかんけ》を動かした。将軍家を敵にまわせば、朝廷の足下が揺らぐ。どのような冷遇を受けるか、わかったものではない。もともと竹内式部に危うさを感じていた関白《かんぱく》らが、封じようと動いたのだ。関白は天皇に講義を聴くことを禁じた。

一度は受け入れた天皇だが、実は不満だった。ひそかに、講義を聴くようになり、それが関白や京都所司代にも洩れたのだ。

さすがに、見過ごしにはできない、と公儀が動いた。

式部は京都町奉行所に呼び出され、詰問を受けることとなった。

だが、式部は悪びれることもなく、臆することもなかった。

〈今の天下は実に危うき天下なり〉

そう、堂々と徳川の世を非難したのだ。

これによって、式部は追放となった。さらに式部に与《くみ》していた公家らの多くも、処分を受けたのだった。

このとき、式部の門弟らは、身を守ろうと京を逃れた。高弟の藤井直明《なおあき》もその一人だった。藤井は江戸に来て名を変え、藤井右門と名乗り、山県大弐に近づいたのだ。

それは、公儀も調べていたことだった。

加門は、藤井の顔を窺いながら、そっとその場を離れた。

しばらく歩いてから、加門は振り向いた。お、出て来た……。

岩城平九郎と青池十市の二人が、並んで表へと向かう。

加門も辻を曲がり、大川のほうへと歩き出した。早足で、二人よりも早く、永代橋を渡った。

飯屋の小上がりで、加門は豆腐《とうふ》の味噌田楽《みそでんがく》を口に運んでいた。味噌は刻んだ蕗の薹《ふきとう》が混じった蕗味噌だ。ほろ苦さが口中に広がる。それを味わいながら、加門は戸口を上目で見る。

腰板の上の障子に人影が動いた。戸が開き、二人の姿が現れる。

店の中を見まわして、

「あっ」

と、一人が声を上げた。平九郎だ。加門はそれで気づいたように顔を上げた。

「おう、これは……」

笑顔を向けると、二人は近づいて来た。

「先日の山茶花はどうですか」

十市の問いかけに、加門は手を伸ばし、向かい側を示した。

「ああ、どうぞ、こちらに。いや、あの山茶花はさっそく母が地面に植え、ちゃんと根付きましたぞ」

「ほう、それはよかった」

十市に続いて、平九郎も小上がりに腰を落ち着ける。山茶花の話は聞いていたらしく、笑顔になる。

「十市の植木は丈夫ですから。して、今日は深川に御用ですか」

平九郎の問いに、加門は微笑んだ。

「うむ、人を訪ねた帰り、ちょうど昼になったのでここに。お二人、連れ立っているところを見ると、今日も私塾ですかな」

「はい」

平九郎らは飯を注文して頷く。

加門は味噌田楽を手に二人を見た。

「わたしも知り合いからあの私塾の話を聞いた。相変わらず門弟は増えているとか」

「いやぁ」十市が首をひねる。

「新たに入って来る者もいますが、やめる者もおります。最近はさほどに増えてはいません」

「ほう、やめる、というのはまたどうして。払いが高いとか」

「いえ、払いは安いくらいです。なにしろ、浪人が多いので。ただ、先生の教えに誰もが賛同するわけではない、と言いますか……」

「ええ」平九郎が言葉をつなぐ。

「なんというか、先生は軍学や兵法がことさらに好きなようで。そこに熱が入るのです、戦う気持ちが強いお人のようで。争いごとを好まぬお人には、そのあたりが肌に合わぬようです」

「なるほど」加門は豆腐を呑み込んだ。

「確かに、そのへんは人によりけり。男とて皆が戦《いくさ》好きというわけでもないし、考え方は人それぞれだ」

「はい」十市が小声になる。

「わたしも講義によっては、首をかしげることもあるのです。その教えはいかがなものか、と」

最初に会ったときには警戒を示していた十市だが、山茶花の一件で気を許したらしく、今は目元を弛めている。加門はその目を見返す。

「ふうむ、いろいろと話を聞くと、わたしも講義を受けてみたくなる。誰でも入れるものなのだろうか」

「ああ、それは、誰でも。ですが……」

「おっと、そうか」加門は背筋を伸ばした。

「あの用心棒まがいの二人がいたか。やり合ってしまったから、わたしは拒まれるかもしれんな」

隠密同心が襲われた十二月から、三月《みつき》近くが経とうとしている。

「いや」平九郎は首を振る。

「あの二人は覚えがあまりよくないので、大丈夫でしょう。それよりも、私塾は四月から休みになるのです」

「休み、とは」

「先生が小幡に行かれるそうです」

「ああ、小幡藩……そういえば、家老や藩士が門弟になっている、と聞いたことがあるな」

「そうです、以前にも行って、講義をしたことがあるそうです。小幡藩家老の吉田様が熱心に通われているのです」

平九郎の言葉に、十市も頷く。

「うむ、吉田様は、お殿様にも先生の話を伝えているそうです。それで、国許《くにもと》でも講義をするようになったようで」

「へえ」加門は目を見開く。

「では、藩主も山県大弐殿の講義を聴くのだろうか」

「や、そこまではどうだか」十市は顔を傾ける。

「ですが、吉田様は日頃から、殿様から厚いご信頼を受けている、とか、頼られている、などと自慢げに話していますから、もしかしたらそういうことも……」

「ううむ」平九郎は眉を寄せる。

「どうであろうな。小幡のお殿様は外様《とざま》大名であろう、先生の説くことには、危うきこともあるゆえ……」

声が細くなって、平九郎は黙り込んだ。

加門は気にしないふうを装って、飯を口に運ぶ。

二人もそれぞれに碗と箸を手に取った。

たくわんを嚙《か》む音が鳴る。

味噌汁を飲んで、加門は顔を上げた。

「休みになるのであれば、いたしかたない。しかし、そのうちに一度、講義を聴いてみたいものだ」

「ああ、それは、ぜひ。話を聞いてみれば、いろいろとわかります」

平九郎が頷く。

うむ、と加門も同じように返しながら、胸中で考えを巡らせていた。

山県大弐と小幡藩は、それほどつながっているのか、これは意次に話しておいたほうがよいな……。

加門は残っていたたくわんを、三枚まとめて嚙んだ。

五

三月、江戸城中奥。

加門は意次の部屋で、待っていた。昼、使いの者に渡された呼び出しの書き付けが、懐に入っている。

平九郎と十市に会った翌日、加門は意次に二人から聞いた話を告げていた。

〈小幡藩も探索してみたほうがよいと思うのだが〉

加門が言うと、意次はふむ、と考え込んだ。

江戸市中の探索であれば、御庭番の常のことでもあるから、御下命はいらない。が、遠国《おんごく》に出向いての探索を勝手に行うことはできない。将軍か老中、御側衆などの下命が必要だ。

〈そうだな、藩こぞって山県大弐の説に与《くみ》しているとなれば、見過ごしにはできん。上様に申し上げて、お伺いを立ててみよう〉

そう言って、意次は頷いた。

それから、数日。

こうして呼び出しがかかるとは、おそらく進展があったのだろう……。加門はそう思って、息を吸い込んだ。

しばらくすると、聞き慣れた意次の足音がやって来て、襖が開いた。

「おう、待たせた」

入って来るなり、加門に向き合って座り、目元に笑みを浮かべた。

「小幡藩のこと、上様にお話ししたら、では、探索を命じよ、と仰せになられた」

「そうか、ああいや、かしこまりました」

姿勢を正す加門に、意次は真顔に戻る。

「小幡藩主の織田信邦《おだのぶくに》殿は、まだお若い。調べたら、まだ二十二歳であった。歳若いと、人の意見に振りまわされやすいからな、その吉田玄蕃という家老に操られているのでなければよいが」

「うむ、若いと世の仕組みもよくわからないまま、反骨の者や、勢いのある話に乗ってしまうからな」

「ああ、桃園天皇も若さゆえ、であったろうな」

竹内式部が講義を広めた宝暦六年、桃園天皇は十六歳の若さだった。その二年後、竹内式部が追放され、公家らが処分されて朝廷は勢いを失った。

桃園天皇が崩御したのは、それから数年経った宝暦十二年だった。二十二歳の若さだった。

あれは……。加門は顔を半分伏せる。病死と伝えられたが、真だったのか。竹内式部を告発した摂関家の公家らは、朝廷が御公儀に叛意《はんい》を強めることを怖れていた。もしかしたら……。

「しかし、四月か」

意次のつぶやきに、加門は顔を上げた。

「ああ、何日に行くのかはわからんが」

「ふむ、四月だと、参勤交代《さんきんこうたい》で藩主は江戸に来るはずだ。もしかしたら、その留守に行くのかもしれんな」

「お、そうか」加門は腕を組む。

「なるほど、それは考えられる。だとすれば、藩主はさほど関わっていないのかもしれん。そのあたりをちゃんと調べねばならんな」

うむ、と意次は改めて加門を見る。

「江戸を離れると難儀が多いであろう、身体には気をつけろよ」

「なあに」と加門は拳を上げた。

「大丈夫だ、それにまた薬売りとして身を変えて行くのだ。売り物の滋養《じよう》の薬を服《の》めばいい。効くのだぞ」

「そうか、なれば安心だ」

意次が笑顔になると、加門も笑いを声にした。


御庭番御用屋敷。

草太郎は丸薬を数えながら、小さな紙に包んでいる。

加門は時折それを横目で見ながら、文机《ふづくえ》で筆を動かしていた。

「父上、腹痛《はらいた》の丸薬は包み終えました」

息子の呼びかけに、加門は顔を巡らせた。

「うむ、では、散薬《さんやく》も包んでくれ。量を違《たが》えてはいかんから、匙《さじ》に取って、きっちりと盛り切りにするのだぞ」

はい、と草太郎は壺を引き寄せる。蓋《ふた》を取って、挽《ひ》いて粉にした薬を覗き込むと、すう、と息を吸い込んだ。

加門は笑いを向けた。

「よい匂いだろう。普通のお人は薬臭いというが、我らにとっては香《かぐわ》しい匂いだ。それを心地よく感じるということは、そなたも修業が進んだということだ」

はい、と草太郎は微笑む。

「これは血の道の薬ですか」

「そうだ、婦人の病に効く。産後の回復にもよいのだ」

「こたびはいろいろな薬を持って行かれるのですね」

ああ、と加門は筆を置いて息子に向き直った。

「行く先は、街道から離れた土地だ。表街道であれば薬売りも多く通るが、離れた地まで足を運ぶ薬売りはそれほど多くない。おそらく、いろいろな薬を求めているはずだし、売れるはずだ。そうなれば、多くの人と言葉を交わすこともできる」

なるほど、と草太郎はつぶやいて、文机の上へと首を伸ばした。

「そのために、その書き付けも作っているのですか」

「ああ、これは引札《ひきふだ》（広告）だ。薬の名と効用を書いて渡すのだ。よい考えだろう」

「はい」

草太郎は加門は手に取った紙を見て、頷く。

「また、倉地勝馬《くらちかつま》殿と行かれるのですか」

「うむ、前に行った武州と近いところだからな、ちょうどいい。ああ、散薬を包むときには、障子を閉めるのだぞ、風で飛ぶ」

障子の開いた廊下から、暖かな風が吹き込んできた。すでに三月も下旬、新緑の香りが、風に乗って入り込んでくる。

草太郎が障子に向けて身体をひねると、そこに千秋《ちあき》がやって来た。

「旦那様、よろしゅうございますか」着物を手に入って来ると、

「羽織ってみてくださいな」

と、着物を広げた。

立ち上がった加門に、それを着せかける。

「脇の下がずいぶんとほつれておりましたので、継ぎを当てたのです。目立つでしょうか」

着物は先日、加門が町の古着屋で買ってきたものだ。

「いや、目立ったほうがよい。そのほうが長旅の薬売りらしく見える。どれ、ちと、着てみよう」

息子に背を向けると、加門は着物を変えた。

千秋が帯を結ぶ。

「腰の辺りもずいぶんとすり切れてましたから、裏から布を当てておきました」

「ほう、本当だ、しっかりとしている」

加門は撫でながら、くるりと草太郎に向いた。

「どうだ」

「はい、とても旗本には見えません」

おかしみをかみ殺した顔で、息子は頷く。

加門は浮かびかかった笑みを、ふと、収めた。

「そうだ……千秋、背負《しょ》い籠《ご》を出してくれ」

そう言いながら、加門は棚から箱を取り出す。蓋を開けると、中には鏡や髪結《かみゆ》い道具が詰まっている。

「おい、草太郎、髪を結い直すから手伝ってくれ。町人髷《ちょうにんまげ》にする」

はい、と背後にまわった草太郎に、加門は櫛《くし》を渡した。

「そなたもいずれ必要となる、覚えておくとよい」

加門は元結《もとゆ》いを解《ほど》きながら、息子を振り返る。

「はい」

と、草太郎は大きく頷いた。

継ぎの当たった着物に背負い籠を負い、頭には手拭いを被って、加門は八丁堀へと入った。

いくども来ている長沢町の道を、ゆっくりと歩く。どこにでもいる紙屑買《かみくずが》いの姿に、誰も見向きもしない。

山県大弐の家の前を、ゆっくりと通り過ぎる。真昼の鐘はすでに鳴り終わり、人もあらかた出たあとだ。表通りまで行って、加門は踵を返して戻った。と、俯きがちの目をはっと瞠った。前から、岩城平九郎と青池十市が歩いて来る。

気づかれるか……。そのまま、加門は進む。

が、二人はこちらには目もくれずに、通り過ぎて行った。

ふっと、思わず浮かびそうになる笑いをかみ殺して、加門は歩みを緩めた。

もう、大弐の家から出て来る者はなく、戸は閉められている。

加門はゆっくりと近づいて行く。

そこに、戸が開いた。

出て来たのは藤井右門だ。さらに、続いて背の高い男が外へと踏み出した。

藤井と同じく総髪だが、結んだ髪は下に垂らした茶筅髷《ちゃせんまげ》だ。

加門は唾を飲み込む。

総髪茶筅は医者がよくする髪型だ。山県大弐は、ずっと以前、医者をしていたことがある。

加門は前を通りながら、その姿を横目で捉えた。

くっきりと太い眉の下の目は、力強い。

藤井が声をかける。

「いつもの所に行きますか」

「うむ、選ぶのも面倒だ。飯などどこでもよい」

「はあ、山県先生はそのへんが無欲ですな。竹内先生とは違うところだ。なにしろ、竹内先生は食にうるさく……」

藤井はしゃべりながら、歩き出す。

加門は目で姿を追っていた。やはり、あれが山県大弐か……。

大弐は足取りも力強い。胸を張り、肩をも張って歩くうしろ姿を、加門はそっと振り返った。

第三章　謀略の兆《きざ》し

一

四月初旬。

中山道を北へと歩きながら、加門と勝馬は辺りを見まわしていた。

「こんなに静かな所だったんですね」

勝馬の言葉に、加門も「ああ」と頷く。

伝馬騒動の探索でこの辺りを訪れたのは、一年以上も前のことだ。十万を超える百姓衆が街道を埋め尽くし、怒声や鉦太鼓《かねたいこ》の音が鳴り響いていた光景が甦《よみがえ》る。が、今は街道を行き交う人もさほど多くはなく、広がる田畑の上には鳥の声しかしない。

目の先に倉賀野宿《くらがのしゅく》が見えて来た。中山道もすでに武州を抜け、上州《じょうしゅう》に入っている。

倉賀野宿の次は高崎宿《たかさきしゆく》だ。

「今日は倉賀野に泊まる。明日の早朝、発って小幡への道に入るぞ」

加門の言葉に、勝馬は「はい」と張りのある声を返した。


明け六つ（朝六時）に宿を発つと、二人は中山道から枝道へと入った。田畑の中を延びる道だ。広々とした平地が続くが、その遠くは三方、山に囲まれている。

上州の国名は上野《こうずけ》だ。上野国には、多くの藩がある。大藩である前橋藩《まえばしはん》や高崎藩は松平家が藩主を務めているが、その周辺には小藩が数多くある。安中藩《あんなかはん》や七日市藩《なのかいちはん》、伊勢崎藩《いせさきはん》や吉井藩《よしいはん》、そして小幡藩だ。

「小幡藩の藩主は織田家なのですよね」

勝馬は加門の横顔を見つめた。

「うむ、そうだ、今は七代目の織田信邦殿が藩主だ。わたしもいろいろと調べたのだが、信長公《のぶながこう》の次男信雄《のぶかつ》殿が、彼の地を家康公から賜《たまわ》ったのだ」

「あ、その話は昔、爺様《じじさま》から聞きました。豊臣方《とよとみがた》についていた織田信雄が、大坂《おおさか》冬の陣で徳川方に寝返った、という話ですよね。ゆえに、徳川家康公に領地を賜った、という」

少年のような面持ちで語る勝馬に、加門は苦笑する。

「うむ。織田信雄は豊臣に大坂城での籠城《ろうじょう》を命じられたのだ。それに従って籠城すれば、豊臣とともに滅んでいただろう。そうなれば、信長公の血脈は途絶えていたはずだ。織田信雄が豊臣を見限ったのは、生き延びるための勇断だったといえよう」

「はあ、なるほど」勝馬は頷く。

「情勢を見極めた、ということですね。確かに、下手《へた》を打てば、織田家は傍系しか残っていなかった……ふむ、信雄公の英断が信長公の血脈を守ったわけか……ああ、その血筋ゆえに、二万石という小藩ながら、国主格《こくしゅかく》なのですね」

一国を治める国主は、国持ち十八家という言葉が表すように、数が少ない。広い領地を治める前田家《まえだけ》や島津家《しまづけ》、細川家《ほそかわけ》や上杉家《うえすぎけ》や伊達家など、広く知られた名ばかりだ。が、国ではなく小藩の領主であるにもかかわらず、織田家はそれに準ずる家格であると公儀に認められていた。

「うむ、江戸の旗本である織田家もその血筋ゆえ、高家《こうけ》という家格を認められているのだ。今の藩主である信邦殿は、高家の織田家から養子に入ったそうだ」

「え、そうなのですか」

「ああ、六代目の藩主に跡継ぎがいなかったため、高家の織田信栄《のぶひで》の息子、信邦殿が小幡藩主を継いだそうだ。信栄殿も信雄殿の直系ということだ」

「へえ、そうだったのですか、信邦殿はまだお若いと聞きましたが」

「うむ、二十二歳のはずだ」

「や、わたしよりも若い」勝馬が笑う。

「まあ、しかし、それで藩主を務めねばならんとは、名家というのも大変ですね」

「そうだな」

加門も笑みを浮かべつつ、空に目を向けた。

若さゆえに、家老や重臣らに頼ることも多いだろう。信頼する家老の言葉は、素直に受け入れてしまいかねない。若さは危うさにもつながる……。

吉田玄蕃や山県大弐の顔が思い出されていた。

あ、と勝馬の声が上がった。

「加門様、町のようなものが見えて来ましたよ、小幡藩でしょうか」

ん、と加門は目を細める。道のずっと先に、確かに家並みのようなものが見える。

「いや、あれは吉井藩だろう。小幡藩のある甘楽《かんら》の地は、吉井藩を通り越して、さらに奥だ」

へえ、と勝馬は背筋を伸ばし、遥《はる》か先を見ようとする。

　加門はその横顔を見た。

　旅に出てから、加門は加右衛門《かえもん》、勝馬は勝吉《かつきち》と名乗っている。が、勝馬は人気《ひとけ》のないところでは、つい加門の名を呼んでしまう。

　ふむ、と加門はつぶやいた。

「こうしよう、これからはわたしのことを兄《あに》さんと呼ぶがいい。薬売りのわたしが兄分、そなたが弟分だ。どうだ」

「あ、はい」勝馬の目元が弛んだ。

「それは言いやすくていいですね。うっかり、呼び違えることもなくなります」

　加門は苦笑する。本人も、うっかりしやすいことに気がついてはいたのだ。勝馬は人当たりがよく、物怖《ものお》じもしない。それは御庭番にとっては長所だ。が、うっかり、がしばしば起こる。

「兄さん」勝馬が声に出した。

「吉井で中食《ちゅうじき》をとりますか」

「うむ、そうだな、この辺りは、おっきりこみといううどんがうまいらしいぞ」

　加門は笑顔で道の先を見た。

平たいうどんと野菜を煮込んだおっきりこみを食べ、二人は吉井藩を出た。

だんだんと山が迫ってくる。

山を見上げる道で、やっと小幡藩に入り込んだ。

道は緩やかな坂となり、上がって行く。

両脇には町家が並び、人や馬が行き交う。

二人は道に沿って流れる堰《せき》を見ながら歩く。ところどころに石段が設けられて、下にある水の溜まりで女が野菜を洗っている。

「きれいな水ですね」

覗き込む勝馬に、加門も頷く。

「ああ、川から引き入れているのだろう。うまく造ってあるな」

やがて坂は平らかな道になった。

ほう、と加門は足を止めた。

道の先に、大手門《おおてもん》が建っている。門の前後には四本の控柱《ひかえばしら》が建つ、格式の高い四脚門《しきゃくもん》だ。二人の門番もいる。

「どうやらあの門が町との境と見える。あの先に陣屋と武家屋敷があるのだろう」

門の向こうに、白壁の長い塀が見える。

「では、来た道を戻りましょう、旅籠《はたご》がありましたね」

勝馬の言葉に、二人は踵を返し、宿へと歩き出した。

上の部屋にしてくれ、という加門の頼みどおり、二人は道に面した二階の部屋に通された。相客はいない。

「や、道がよく見える」

窓を開け、身を乗り出した勝馬に、加門も並んだ。

「うむ、大手門に続く道はここだけのようだ。都合がいい」

「はい、山県大弐が来れば、すぐにわかりますね」

「ああ、そのうちに来るはずだ」

加門は道から顔を上げる。

西に連なる低い山に陽が沈みつつあり、空は茜色に染まっている。

「あとは明日だ」

加門は窓をそっと閉めた。

二

宿で朝飯をすませた二人は、小さくした荷を背負って大手門に立った。

「江戸から来た薬売りでして」

加門が近寄って行くと、門番は上目で見た。

「ふん、して、なんだ」

「はい、崇福寺《そうふくじ》の梅叟《ばいそう》和尚《おしょう》様にご挨拶に伺うことになっておりますもので、お通し願いたく……」

む、と門番は身を引くと、

「よし、通れ」

顎をくいと動かした。

二人は礼をして、門をくぐり抜け、広い道を歩き出した。

勝馬はそっと小声で問う。

「そのお寺の和尚を知っているのですか」

「知らん」加門はにっと笑った。

「が、寺と和尚の名は調べてきた。織田家の菩提寺《ぼだいじ》だ。藩のことはよく知っているだろう。もし、薬売り相手に話をしてくれるようなお人であれば、だがな」

なるほど、と勝馬はつぶやく。

武家屋敷の塀が続き、それが途切れて道が開いた。

「ここが中小路《なかこうじ》か」

加門は、昨夜、宿で聞いたことを思い出していた。

〈中小路の先に陣屋があるだで。殿様も御武家もみんな、中小路を通るだ〉

小幡藩の藩主は陣屋に暮らしている。城を建てることが許されるのは、三万石以上、あるいは藩主の官位が四品《しほん》以上で、それ以下は陣屋を構えることしかできない。二万石の小幡藩は陣屋だ。

加門は立派な武家屋敷が並ぶ道の奥を見る。が、陣屋は見えない。

勝馬が小声で問う。

「藩主はまだおられるのですよね」

「うむ、調べたところ、参勤交代で江戸入府をするのは四月二十五日、と届けられていた。当分はこの陣屋にいるはずだ」

関東の諸藩は、参勤交代で半年、江戸に出ることになっている。その日にちはあらかじめ公儀に届けられ、遅れることも変えることもできない。

二人はそのまま、まっすぐに道を進んだ。道は緩やかな上り坂に変わっていた。

小高い山の裾で、二人は立ち止まった。

道から石段が続いている。その上には寺の山門が見える。崇福寺の参道だ。と、その脇に下馬と彫られた石柱が立っていることに、加門は気づいた。

それほど格式が高いのか……。加門は息を吸って、石段を登る。上の山門には、木彫りの額が掲げられており、大荘厳域《だいそうごんいき》と記されていた。

それをくぐって、中へと入って行くと、左手の高い場所に五輪の塔が並んでいるのが見てとれた。織田家の墓所らしい。

「ほう、立派なものだ。大荘厳域とはあの廟所《びょうしょ》のことなのだろうな」

見ていると、二人の男がそちらから下りて来た。僧侶と武士だ。なにやら和《なご》やかに話をしているのがわかる。僧侶は年配だ。

もしや、と加門は近づいて行った。

武士が礼をして離れ、僧侶が一人になったところに、加門は声をかけた。

「御住職の梅叟様でしょうか」

「ふむ、いかにも」

立ち止まった梅叟に、加門は深々と礼をした。

「江戸から参った薬売りでして、和尚様にご挨拶をと……」

昔は僧侶が医者を兼ねており、薬も作るのが普通だった。地方によっては、未だにそれが続いている。そうした僧侶のなかには、外から薬売りが入るのをいやがる者もある。加門は、腰を折ったまま、上目で梅叟を見上げた。

「この地で、薬を売ってもよろしいでしょうか」

「ほう、そういうことか」梅叟は穏やかに微笑んだ。

「かまわんぞ。寺では三代前まで医者代わりを務めておったが、今はもうやっておらん。藩の医者がおるからな。そら、あの枇杷《びわ》の木も伸び放題だわ」

梅叟が庭の木を目で示す。枇杷の葉は、薬として使われるため、寺にはつきものだ。

「そうじゃ、もし使うのであれば、葉を持って行ってもかまわんぞ」

「え、よいのですか」

加門は身体を伸ばした。と、傍らの勝馬に目顔を向けた。勝馬もそれに頷く。

気さくなお人だ、これならば……。加門は、笑顔を向けた。

「では、これからもお邪魔してよいでしょうか。見たところ、庭にも薬になる草があるようで」

「ああ、そうさな、蓬《よもぎ》だの十薬《じゅうやく》（どくだみ）だの、いろいろとある。この地は不便で、滅多に薬売りが来んものでな、かといって医者にかかれば銭がかかる。おまえさんらが薬を売れば、百姓や町の者らが喜ぶであろう、よいぞ、好きに来て持って行け」

「はい、ありがとうございます」

頭を下げる二人に頷きながら、梅叟は首を伸ばした。

「こりゃ、松原《まつばら》殿、いかがした」

その声に振り向くと、先ほどの武士が山門の手前に立っていた。

こちらに向かって、松原が歩いて来る。

「いや、薬売りと聞こえたもので、ちと気になって」

はあ、と加門は懐に手を入れた。江戸で書いた引札を差し出す。

「こういう薬を扱ってますんで」

ほう、と松原はそれを受け取ると、懐にしまった。

「では、これにて」

改めて梅叟に礼をして、松原は山門へと戻って行った。

梅叟も鷹揚《おうよう》に頷いて、本堂へと歩き出す。

二人は枇杷の木の下へ行くと、葉をもぎりはじめた。

枇杷の葉を手に寺を出ると、二人は道を下りはじめた。

しばらく行くと、加門は「あ」と声を洩らした。

寺で会った松原が、引札を手に立っていた。

「これは、松原様、でしたね」

加門がにこやかに近づいて行くと、松原は引札を掲げた。

「うむ、わしは松原郡太夫《ぐんだゆう》と申す。して薬屋、ここに書いている薬、今、持っているのか」

「は、どれでしょう」

「これだ」

松原は顔を逸らしながら、散薬を指さした。婦人病の薬だ。

「はい、今、あります」

「そうか、ならば、来てくれ」

松原が歩き出し、二人はそのあとに続いた。

武家屋敷が並ぶ道にも、縦横に清らかな水が流れている。

辻を曲がって入った屋敷に、松原は二人を招き入れた。

「千代《ちよ》、いや、妻《さい》がなにかと具合が悪いというのだ。だが、医者にはかかりたくないと言う、まあ、ここの医者はちと、評判がな……」

「さようで。できれば、お目にかかってお話しをうかがえると、より合う薬がわかるんですが。お顔色やお声なども、薬選びには大切でして」

「む、そうか。では、庭にまわってくれ」

示された庭へと、二人は入って行く。

「千代」

と、呼ぶ声が聞こえ、交わす言葉とともに、まもなく障子が開いた。千代が座敷の際に座り、いぶかしげに庭に立つ二人を見た。

縁側越しに加門はその姿を見た。。三十半ばくらいであろうが、顔色は赤味がなく、白い。肌は艶《つや》がありしっとりとしているが、いかにも冷たそうだ。

「冷えやすくありませんか。特に手足などが冷たくなりやすいかと」

加門の言葉に、千代の顔が変わる。

「そう、そうなのです」座敷から縁側へと進み出て来る。

「冬など、手足が冷えて眠れなくなるほど。それに……」

千代は顔をしかめてそっと腹に手を置く。

加門は頷いた。

「毎月、お腹が痛まれるようですね。血の道に効くよい薬があります」

加門は縁側に荷を下ろして、薬の入った箱を取り出した。

「この散薬をお湯に溶かしてお服《の》みください。一日三回、空腹のときに」

差し出した包みを、隣にいた松原が受け取った。

「効くのかのう」

国訛《くになま》りになって、首をかしげる。

「効きます。人によってはすぐに効き目が表れます」

加門はきっぱりと頷いた。疑いがあると、薬の効きは悪くなる。

「五日分ありますから、毎日三回を忘れずに。明後日、また来ますから、そのときに効き目を確かめましょう。合っていたら続けるのが大事です」

夫婦は互いを見て、頷き合う。

加門は薬代を受け取ると、ゆっくりと顔を巡らせた。

「ここはいい土地ですね。水が豊富に流れていますが、川から引いているのですか」

「ああ、雄川《おがわ》から引いて、小堰《こせき》を作ったのだ。織田家が入る前から、元の堰はあったそうだが、それを織田の殿様が増やしなすった」

誇らしげに胸を張る松原に、加門は頷いてみせる。

「さすがは名門織田家のお殿様ですね。小幡藩はますます栄えるのでしょうね」

「あ、ああ」

松原は顔をそむける。

実は、小幡藩の財政は逼迫《ひっぱく》している。加門は江戸で調べて、そのことは知っていた。

「重臣方も揃っておられるようで、江戸でも、御家老の吉田玄蕃様のお名をよく耳にしますよ」

加門がにこやかに言うと、松原の顔が向き直った。

その顔は強張《こわば》り、眉根が寄っている。

「江戸で、とは、いったい、どのように言われているのか」

険《けわ》しい声音に、加門は弛めていた顔を戻す。

「いえ、学問に熱心であられ、私塾に藩士を連れて通われている、とか……」

むうぅ、と松原の喉が鳴り、腰が浮いた。

千代がそっと手を伸ばし、夫の背に当てる。

それに気づいて、松原は腰を落とし、うほん、と咳を払う。

加門は勝馬に目配せをして、荷物を背に負った。

「では、あたしらはこれで。また、参りますんで」

会釈をして屋敷を出ると、二人は大手門へと歩き出した。

「なにかあるんですね」

勝馬が小さく振り返った。

うむ、と加門は陣屋のある左手に目をやった。

三

橋を渡りながら、加門と勝馬は下を流れる雄川を覗き込んだ。谷底を流れる川は、水量がさほど多くなく、澄んだ水を通して川底が見える。

「きれいな水ですね」

「ああ、あの山から流れてくるのだろう」

上流には小高い山があり、峰を左右に連ねている。

橋を渡りきると、広がる田畑が見えた。が、そちらへは行かずに、二人は川沿いを上流に向かって歩き出す。右側はやはり小高い山で、崖の上の道だ。

しばらく行くと、加門は「あれか」と手を上げた。

橋が架かっており、渡った先には小さな門がある、

「あれが裏門だな」

加門は宿の主の言葉を思い出していた。

〈大手門は面倒くさかんべえ、村のもんらは、みんな、裏門を通るだよ〉

崖の上に立つ裏門には、番人の姿はない。

「しかし、高い崖ですね」勝馬が声を上げる。

「あの上が陣屋ですね、確かによい要害《ようがい》だ」

長い白壁の塀が崖に沿って築かれており、その内側には、築山と頂上に建つ四阿《あずまや》が見える。

二人は川越しに陣屋を眺めながら、歩いて行く。加門は江戸で読んだ書物の内容を思い出していた。

「もともと、この地は豪族の小幡氏が支配していたのだ。戦乱の世では武田軍につき、織田側に滅ぼされて、信濃《しなの》に移ったそうだ」

「織田が滅ぼしたのですか、因縁《いんねん》があるのですね」

「うむ、その後、徳川家の所領となって、領主が二度変わったあと、織田信雄に与え

られたのだ。大和《やまと》の宇陀松山藩《うだまつやまはん》三万石とこの小幡二万石で五万石、ということでな」

「へえ、ずいぶん離れた土地をもらったものですね」

「うむ、それは家康公の深慮《しんりょ》によるものであろう。織田家の名は、武家のあいだでは根強い力がある。もしも、徳川家に叛旗《はんき》を翻《ひるがえ》すようなことになれば、多くの大名がその下《もと》に集まるだろう。徳川家にとって、織田家は決して侮《あなど》ってはいけない相手のはずだ」

「なるほど」勝馬が手を打つ。

「それゆえに、所領は不便な場所にし、さらに二つに分けたということですね」

「うむ、綿密《めんみつ》な家康公らしい方策といえよう」

道が広くなってきた。小さな野原のような地もある。

「ここで中食にしよう」

加門は背中の荷を下ろして、竹皮の包みを取り出した。

町にも村にも、飯屋などはない。宿で握り飯を作ってもらっていた。

黄色い粟粒《あわつぶ》の混じった握り飯を、二人は頬張る。一個を食い終わり、二個目を手に取った加門は、顔を横に向けた。

山のほうから、人が下ってきていた。男と子供二人だ。父親と息子は背に薪《まき》をしょっており、娘は手に籠《かご》を持っている。

近づいて来た男は、二人に気づいて立ち止まった。いぶかしげに見る男に、加門は笑顔を向けた。

「こんにちは、薪拾いですか」

加門の声に、男は子らをうしろに下げた。が、兄と妹は両側から顔を出して、二人を覗き込む。

「あんだね、おめさんらは」

顔をしかめる男に、加門はさらに笑みを広げた。

「あたしらは江戸から来た薬売りです。亀屋《かめや》という宿に泊まってますんで、薬が要《い》り用でしたら、来てください」

「薬屋か」男は顔を弛める。

「そんなら、村のもんにも教えてやんべ」

「お、そいつはありがたいことで」

笑顔の加門は子らへと目を向けた。子らの目は、二人が持つ握り飯に釘付《くぎづ》けになっている。

加門は握り飯を二つに割ると、そら、と両手で差し出した。

子らが駆け寄って来る。

「こら」

父親の声にも止まらず、子らは握り飯を手に取った。

「あたしはもう一個食ったとこだ、いいんですよ」

加門の言葉に父はぺこりと頭を下げる。子らはそれを見て、握り飯にかぶりついた。

「すまんこって、おまんまは盆と正月にしか食えんでのう」

父の言葉に、勝馬は手にしていた握り飯を竹皮に包み、差し出した。

「それならこれもどうぞ。家にはまだお子がいるのでしょう」

「はあ……おっかあと赤ん坊が……」男が包みを受け取った。

「乳の出が悪いんで、赤子が泣いて……こんなにもらっちまって、いいんだべか」

「いいんですよ」加門は笑顔で頷く。

「どこの地でもお百姓が大変なのを見てますから。だが、ここはさすが織田様の土地だ、水は流れているし、町が立派ですね」

「はあ、織田の殿様が小堰を延ばしたっちゅうこって。お蚕《かいこ》を教えたのも殿様だっち聞いてるだ」

「ああ、そういえば町には蚕屋《こや》のある家が多かった。村でもやってるんですか」

「んだ、桑畑もいっぱいあんだ」

男は下流の村の方角に顔を向ける。が、

「ほう、それはいい」

加門の言葉に、顔が戻る。

「なにがいいもんか」日に焼けた顔が歪む。

「絹糸は年貢として収めねばなんねし、もっと作れと増やされるばっかしだ。おら達の暮らしはきっつくなるばっかりで、ちっともよくなんねえ」

子らは握り飯食い終わり、指を舐めている。

「おっとう」息子が父を見上げる。

「おまんま、うまかった。おっかあにも食わしてやんべ」

「ああ、そうすっぺ」

父は子の頭を撫でると、二人に向き直った。

「いや、ありがとさんでした」

父が頭を下げると、子の二人もそれの真似をした。

二人は首を振って、道を下っていく三人を見送った。

いずこも同じ、か……。加門はつぶやく。と、

「さて」と、立ち上がった。

「あとで村にも行ってみよう」

「はい」

勝馬も尻をはたいて立ち上がった。


夕刻。

宿の窓から、加門は道を眺めていた。着いてから三日目、毎日、日が落ちるまでそれを続けている。

日が落ちれば、人通りはきれいに消える。動くものは、小堰を流れる水だけだ。

あ、と加門は腰を浮かせた。

「勝馬、来い」

加門は開けていた障子を半分閉める。

「なんですか、兄さん」

寄って来た勝馬に、加門は道を指さした。

二人の男が、歩いてくる。

「山県大弐と藤井右門だ」

「えっ」

身を乗り出そうとする勝馬の帯を、加門は引っ張る。

「そっと見ろ、気づかれてはならん」

「あ、はい」

勝馬は顔だけを窓に寄せて、下を覗き込んだ。

加門がささやく。

「茶筅髷のほうが大弐だ」

「あ、はい」勝馬も小声で頷く。

「大きな男ですね」

加門も勝馬の頭の上から、そっとのぞき見る。

下を通り過ぎ、二人は大手門へと向かって行く。

来たか……。加門は腹の底で独りごちた。

四

崇福寺の石段を、加門と勝馬は上がった。境内に入ると、箒《ほうき》を動かす小坊主らのあいだを縫って、まっすぐに本堂へと向かった。

「梅叟和尚様」

大声を放つと、奥からゆっくりと墨染《すみぞ》めの姿が現れた。

「おお、薬屋か」和尚が階段を下りてくる。

「松原殿が喜んでおったぞ、薬が効いたというて。なんじゃ、枇杷も蓬も持って行ってよいぞ」

「はい、今日は蓬をいただきたく、参りました。しかし、そうですか、松原様、ようございました。こちらにはよくおいでになるのですか」

「ああ、松原殿は信心深くてな、よくお参りに見えるんじゃわい」

「へえ」勝馬もにこやかに進み出てくる。

「こちらのお寺はいかにも由緒《ゆいしょ》がありそうですね。山門の大荘厳域という額も、いかにも威厳があって」

「ああ」梅叟は笑顔になる。

「あの額は去年、作り直したんじゃが、元の字は後醍醐天皇《ごだいごてんのう》が書かれたんじゃ」

「後醍醐天皇」加門は声を上げる。

「ああ、だから下馬の石碑があるんですか。それでは、天皇もここにお参りされたのですか」

「ああ、いや」梅叟が首をかしげる。

「そうは聞いておらん。御宸筆《ごしんぴつ》だけいただいたんじゃろう。家老の吉田様は京からいらしたというから、そのご縁かもしれんのう」

え、と加門は思わず間合いを詰めた。

「吉田玄蕃様は京の出なのですか」

「ああ、玄蕃様ではのうて、ご先祖じゃ。二代藩主信昌《のぶまさ》公のときに、京の吉田家から招いたと聞いたのう」

「吉田家」勝馬も声を上げる。

「あの唯一神道《ゆいいつしんとう》の吉田家ですか」

加門は慌てて、目で「馬鹿」と制する。薬売り風情《ふぜい》が語る話ではない。

あ、と口をつぐんだ勝馬を、和尚は「ほう」と目を見開いた。

「よう、知っておるの」

加門は息をひと息、吸い込んだ。うっかり、は逆に生かしたほうがいい。

「いや、実は我ら、出は武家なのです。わたしは貧乏旗本の三男でして」

「はい、わたしは貧乏御家人の四男でして」

つなげた勝馬に、加門もさらに続ける。

「実は、江戸では医者をしているのです。ですが、我ら、根っからの旅好きでして、春と秋には、こうして薬売りとして諸国を旅しているというわけで。その地その地で病もいろいろですので、修業になりますし」

ほうほう、と梅叟は目を細めた。

「さようか、なれば学があって当然。いや、そうであればいっそ話もしやすい。吉田様の出自《しゆつじ》はまさにその吉田家だそうだ……」

足利《あしかが》将軍の時代、吉田兼倶《かねとも》は京で国学や神道の講義を行っていた。神道においてはやがて考えを進め、虚無太元尊神《そらなきおおもとみことがみ》という神を生み出し、伊勢《いせ》の神よりも上である、と説いた。伊勢神道や仏教系の山王神道《さんのうしんとう》はそれに異を唱えたが、吉田家は耳を貸さない。どころかその独特の説に唯一神道と名付け、国学とも融合させて、子孫へも伝えていった。

「吉田家は栄えたらしくてのう、九代目の吉田兼見《かねみ》は、織田信長公に見い出され、堂上家《どうしようけ》という格式も賜ったそうな。そうした縁から、織田家の家老として迎えられたのやもしれん」

梅叟の話を聞きつつ、加門は松原郡太夫の顔を思い出していた。

吉田玄蕃に対しての含みのある顔……もしや、これか……。

「そうでしたか……しかし、京からいらしたとなると、それ以前からお仕えしていた御家臣らと、お考えが合わないことも起こるでしょうね」

梅叟の目が強《こわ》ばる。

「ふうむ、まあ……武家の出なればわかるであろうが、血筋だの格式だの、どちらが古いだの新しいだの、武士はこだわることが多いゆえ、なかなかのう……」

梅叟が苦く笑うのを見ながら、加門は口を開いた。

「吉田様はこちらのお寺にも見えるのですか」

「おう、それは当然。廟所へのお参りもされるし、法要に見えなさる。今は江戸におられるが、以前はこの国許におられたしのう。おお、そういえば……」

梅叟がぽんと手を打った。

「ほどなくお戻りになるやもしれんのう」

「え、ここにですか」

「ふむ、江戸から山県大弐という学者を招くことになっておると聞いた。以前にも来て、藩校で講義をしたお人なんじゃが、吉田様がずいぶん買っておられてな」

「山県大弐なら、昨日、来ました」

加門の言葉に、梅叟は目を丸くする。

「ほ、なんと、山県大弐を知っておるのか」

「はい、江戸では私塾に多くの人が集まり、評判ですから。昨日、宿の下の道を通るのを見ました」

「ほほう、そうであったか。江戸でもそれほど評判とは……そうであれば、こたびはわしも話を聞いてみるとしようかのう」

梅叟は陣屋の方角を見る。藩校はそちらにあるのだろう。加門も横目を流しながら、和尚に問うた。

「藩校ということは、藩士は皆、その講義を聴くのですか」

「ああ、いや、皆ではないということだ」

「はあ、聴く者と聴かぬ者がいる、ということなのでしょうか」

加門の問いに、梅叟は少し喉を詰まらせ、小声になった。

「そら、さきほど言うたように、吉田様に従う者もいるが、拓様方《さき》に従う者らもおるのだ。そちらには声もかからぬようでのう」

「拓様というのは……」

首をかしげる勝馬に、梅叟は「ああ」と頷く。

「国家老の拓源四郎《げんしろう》様じゃ。拓様や岡野《おかの》様、津田《つだ》様は吉田様が入る前から続く家老の家柄でな、吉田様を招くのにも、そもそも反対されたと聞いておる」

なるほど、と加門は胸中でつぶやいた。

「や、これは」梅叟がささやく。

「ここだけの話だがの」

はい、と声には出さずに、加門と勝馬は揃って頷いた。と、その目が梅叟の背後に向いた。小坊主がそっと近寄ってくる。

梅叟もそれに気づいて、振り向いた。

「おお、お勤めの刻限か、今、参る」

加門と勝馬は一歩、下がった。

「いや、お邪魔をしました。では、蓬をいただいていきます」

「ほう、好きなだけお持ちなされ」

梅叟は本堂へと去って行く。

二人は庭にしゃがむと、蓬をむしりはじめた。

「蓬、少しでいいですよね」

勝馬の問いに、加門は首を振る。

「いや、たくさん採れ。少しでは変に思われる。どのみち干せば薬に使えるしな」

はい、と手を動かす勝馬に、加門はささやく。

「採り終わったら、一度宿に戻る。夕刻、出直して松原郡太夫殿の屋敷に行くぞ」

は、と勝馬の手の動きが早くなった。


「おう、待っておったぞ」

松原郡太夫は、戸口から土間へと二人を招き入れた。

「いや、薬は確かに効いた。また、持って来てくれたかの」

はい、と加門は荷を下ろし、薬の包みを取り出す。

「うむ、してこの薬、まだあるか」

松原は薬代を差し出しながら問う。

「はい、まだたくさんあります」

「ほう、ならばよい」松原は外へと出ながら振り向いた。

「いっしょに行ってくれ」

は、と二人はそのあとに続いた。

表の道を行く松原に、

「どちらへ」

うしろに付いた加門が、問う。

「拓様のお屋敷だ。御家老ゆえ、無礼のないように」

は、と加門は勝馬と横目を交わした。

「いやな」松原が振り向く。

「拓様の奥方様が千代から話を聞いて、ぜひ、その薬屋を連れてきてくれ、と言われたのだ。うちの千代は奥方様のお話し相手として、しばしばお屋敷に伺うのでな、そこで薬の話になったらしい」

「はあ、さようで」

「ああ、見ただけで具合の悪いところを当てられた、と話したら、千鶴《ちづ》様は驚きなすったということだ」

松原は表から中小路へと曲がった。

両脇には、立派な門構えの屋敷が並ぶ。重臣らの屋敷に違いない。突き当たりの門が、特に重々しい造りだ。

その前を曲がりながら、加門は門を見上げた。

「立派な門ですね」

「ああ」松原は足早に歩く。

「ここは吉田家老の屋敷だからな」

その声音がいかにも不快そうであるのに、加門と勝馬はまた、横目を交わし合った。

しばらく進むと、また道は曲がった。

「この先が陣屋だ」

松原が胸を張る。が、その足は手前の屋敷で止まった。

「頼もう、松原郡太夫である」

その声で脇戸が開き、三人は中へと招き入れられた。

玄関ではなく、庭へとまわっていく。

しょっちゅう訪れているのだな、と加門はその背を見ながら腹でつぶやいた。

庭の奥まで行くと、半分開いた障子の座敷に人影があった。

「奥方様」

松原が小走りになる。

「まあ、郡太夫」

障子を開けて、千鶴が縁側に出て来た。うしろに立つ加門と勝馬を見て、笑顔になる。

「薬屋を連れてきてくれたのね、さ、遠慮のう、近くへ」

は、と二人は縁側に近寄った。

「なんだ」

奥からいかめしい男の声がして、足音が鳴った。

「あ、拓様、例の薬屋です」

ほう、と妻の横に立つ。

加門は礼をしてから、男を窺った。松原よりは年上に見えるが、まだ髪は黒い。

千鶴は手招きをして、

「さ、見ておくれ」

と、身を乗り出す。

頬の赤味が強く、肌は乾いていて艶がない。

「のぼせやすくありませんか。それに寝付きが悪く、寝汗をかかれるかと」

加門の言葉に、「まあ」と千鶴は身を反らす。

「ええ、そのとおりよ、なにゆえ、わかるのです」

加門は神妙に、

「薬屋は医術も学びますゆえ」

言いながら、縁側を見た。

「荷を置いてもよいでしょうか、薬を出します」

「うむ、かまわん、置くがよい」

拓の声が穏やかになった。

加門は薬を取り出して、縁側へと置く。

「奥方様はこちらの丸薬をお服みください。身体に溜まったよけいな熱を取り除く薬です。一日に三度、空腹の折に……」

加門が飲み方の説明をはじめると、拓と松原が低い声を交わすのが聞こえてきた。

「む、聞いた、玄蕃の屋敷に入ったそうだ」

拓の声に、松原が返す。

「なにやら、供を連れて来たようです」

山県大弐のことに違いない。

「玄蕃も明後日戻って来ると、今日、知らせが入った。上がれ、奥で話そう」

拓が顎で奥を指すと、松原は座敷へと上がって行った。

二人は襖の奥へと消えていく。

「実は……お通じも滞《とどこお》りがちで……」

千鶴の小声に、加門は耳を戻す。

「は、それならば……」

薬の箱に手を入れながら、再び耳を澄ませる。が、襖の向こうの男の声は、さすがに聞こえなかった。

五

「薬屋さあん」宿の一階から主の声が響く。

「客だんべ」

「おう」加門も声を放つ。

「今、下りる」

薬の入った箱を抱えて、加門と勝馬は下りて行く。

子連れの百姓が皆に伝えてくれたらしく、ときどき、村から人が訪ねて来ていた。

土間に立つ男は、被っていた手拭いをとると、「どんも」と寄って来る。

「うちの子ぉらが、よぅく腹痛を起こすんだけんど」

はい、と加門は箱を開けて薬を出す。

服み方の説明をしながら、男を見た。背後の明るい道も目に入ってくる。

その道を吉田玄蕃が通ってから、すでに数日が経っている。

藩校では山県大弐の講義がはじまったと聞いたが、くわしいことはわからない。

小銭を掌《てのひら》いっぱいに差し出して、百姓は帰って行った。と、入れ替わりに、小さな人影が入って来た。崇福寺の小坊主だ。

「やっぱしこの宿だったべか、ああ、よかった」

二人に向かって、笑顔になる。村から口減らしに寺に預けられたのだろう、屈託がない。

「梅叟和尚様からの言伝《ことづて》だんべ。お寺に来てほしいっちゅうこって」

「ほう」

加門と勝馬は顔を見合わせた。

「わかりました、すぐに行きます」

加門の返事に、小坊主はぺこりと頭を下げて、出て行った。

二人はもう一度、目を交わして頷き合った。

境内に入ると、小坊主が庫裏《くり》の前で待っていた。

僧侶の住居でもある庫裏の奥へと案内されると、そこに梅叟が待ち構えていた。

「や、呼び出してすまないのう」

いえ、と二人が向かいに座ると、梅叟は膝行《しっこう》して間合いを詰めてきた。

「実は、少し、尋ねたいことができてのう、そら、江戸で山県大弐は評判じゃと言うておったろう」

「ああ、はい。わたしの知り合いも私塾に行っているほどです」

加門の言葉に、梅叟は「ほうほう」と首を伸ばしてくる。

「江戸ではどういう話をしておるんかのう」

「はあ、儒学、国学、神道、いや、一番は軍学らしいです。兵法も教えているとか」

むう、と梅叟の眉が寄る。

「あの者はどこの出なんじゃろうか」

「甲府《こうふ》と聞いてます」

「甲府……甲府は徳川家の直領《じきりょう》じゃろう」

「はい、ですから幕臣だったらしいです。が、弟が人を殺したことで改易《かいえき》になり、浪人として江戸に来たと」

「人を殺して改易……そりゃ、また」

「ええ、すぐさま改易になったようですから、殺した相手は町人百姓ではなく、同じ幕臣だったのではないでしょうか」

「なんとまあ、やったのは弟とはいえ……では、江戸でずっと浪人をしておったのかのう」

「医者をしていたこともあるそうです。で、そのあと、家重公の御側御用人であられた大岡忠光様の家臣となったと……ですが、大岡公が亡くなられ、再び浪人となったそうです。そのあとに、私塾をはじめたと聞いています」

「ほうう」梅叟は顔をしかめてひねる。

「御公儀に仕えていたとは意外な……」

加門は勝馬と横目で見交わして、梅叟の次の言葉を待つ。

が、その口が開く前に、廊下から声が上がった。

「和尚様、松原様をお連れしましたで」

「おう、お通ししておくれ」

襖が開いて、松原が入って来る。と、意外な二人に、松原は目を見開いた。

「ああ、ああ、わしが呼んだんじゃ。ささ、ここへ」

梅叟が傍らを示す。少し斜めに、松原が座ると、梅叟はそちらに顔を向けた。

「今、この二人に山県大弐のことを尋ねておったんじゃ。なに、このお人らは出が御武家だそうで、江戸の私塾のこともようく知っていなさるんでのう」

「ほう、そうでしたか」松原は改めて二人に対して背筋を伸ばした。

「これは御無礼をいたした」

いや、と二人は首を振る。

「でな」梅叟が松原へと身体を斜めに寄せる。

「山県大弐というのは……」

今し方聞いたことを、松原へと話す。

「なんと、幕臣だったとは……」松原は見開いたままの目を二人に向けた。

「あ、では、あの藤井右門とかいう者も、そうなのですか」

「いえ」加門は首を振る。

「あの者は、ええと……竹内式部をご存じですか。京にいた学者で、宝暦八年に処分を受けた男なのですが」

ああ、と松原は天井に目を向ける。

「はい、江戸勤番《きんばん》の折に聞いたことがあります。朝廷や公家に取り入って、なにやら騒ぎを起こしたと」

「ほう」梅叟は首をひねる。

「この山奥にいると、江戸や京の話は伝わってこんでのう」

「ああ、では……」

加門は梅叟と松原を交互に見ながら、竹内式部の一件を説明した。

「あの藤井右門という男、元の名は藤井直明といって、竹内式部の高弟だったのです。で、式部が処罰を受けた際、我が身に及ぶことを怖れたのでしょう、江戸へと逃れてきて、右門と名を変え、山県大弐の門弟となったのです」

「なんと」松原が声をうわずらせる。

「では、竹内式部の教えを受け継いでいるのか。式部は徳川を倒して朝廷に御政道を戻せ、と言うたのであろう」

「はい」

加門が頷くと、松原と梅叟は顔を見合わせた。

加門は松原に顔を向けた。

「松原殿は山県大弐の講義を聴いたことがおありですか」

「いや」きっぱりと首を振る。

「山県大弐の講義を聴くのは、吉田玄蕃につく者だけだ。そもそも、吉田玄蕃の説く国学や神道は、拓様はじめ御家老方は快く思われておらぬ。この徳川の泰平の世に……それを殿様にまで講釈をするので、御家老らが咎めたこともあるのだ」

「ほう、そうでしたか。して、吉田様はどうされたのです」

「聞く耳など持たん」

松原が吐き捨てるように言う。

「おや、そこまでだったとは」梅叟の眉間に皺が寄る。

「わしは知らんかった……いや、そうと聞けば、ますます見過ごしにはできん、実はな……」

口を開いた梅叟は、加門と勝馬を見て、一瞬、それを閉じた。が、いや、よいか、とつぶやいて口を開けた。

「実は、わしは山県大弐の講義を聴きに行ったんじゃ。いや、聴いて驚いた。大弐は甲府には多くの武器がある、と言うではないか。弓矢は言うに及ばず、銃や弾薬まであるらしい、じゃから、まず甲府を落とせばよい、と言うんじゃ」

「えっ」

加門は思わず声を洩らした。甲府は甲州街道《こうしゅうかいどう》が貫き、そのまま江戸へと通じる。江戸からほど近く、防衛の要《かなめ》だ。ゆえに、武器の蓄えも多い。

「甲府を落とす、と言ったのですか」

「うむ、で、武器を奪って江戸を攻めれば、江戸も落とせる、とな。それは、江戸で
は言うておらんかの」

「いや……」

加門は声に出したつもりだったが、掠《かす》れて息になった。

「なんと……」

松原に続き、加門、勝馬の口からも同じつぶやきが漏れる。

「なんということを……」

松原はつぶやき続ける。と、はっとその顔を上げた。

「徳川に叛旗を翻す、して、その旗頭に織田家を立てよう、という魂胆《こんたん》か」

加門も息を呑む。徳川家に対抗するのに、織田家なら名に不足はない。

「で、では」梅叟は口を震わせる。

「吉田様もその気なのかの、まさか、殿をそそのかしているのではあるまいな」

くっ、と喉を鳴らして、松原は立ち上がった。

「言語道断《ごんごどうだん》っ、拓様に申し上げる」

松原は襖を鳴らして出て行った。

加門は町から大手門を見た。

二日経ったものの、動きはない。

おそらく重臣らが集まって協議をしているのだろう……。加門は見えない陣屋を思い浮かべた。

大手門から出て来た男が横を通り過ぎていく。武家の家人《けにん》が使いに出されたらしい。

と、また、家人らしい男が門から出て来た。続いて、武士三人も出て来る。

加門は道の端に寄り、皆が通り過ぎるのを見送った。が、そっとあとを付いて行く。

最初の家人が、とある店に入って行く。布を扱う店だ。

外から窺うと、真っ白い晒を手に取っているのがわかった。

晒か……。加門は横目で見ながら、通り過ぎる。

数軒先の店に、三人の武士がいた。それぞれ藍染《あいぞ》めの足袋《たび》を手に取り、ひっくり返して作りを確かめている。

なんだ……参勤交代はまだ先だろうに……。加門はそこも通り過ぎた。

さらに先の店に、もう一人の家人が入って行った。藁物《わらもの》を商う店だ。

加門も店の中へと入った。

家人は草鞋《わらじ》を手に取って見ている。紐《ひも》を手で引っ張り、

「こん紐は丈夫だんべか」

と、店の男に問いかけた。

「はあ、そりゃあ丈夫だ、江戸まで履《は》いても切れたりしねえだ」

「江戸じゃねえ、山だ」

「山」

主が寄って行くと、家人は紐を引っ張って頷いた。

「んだ、明後日、旦那様が猪狩《ししが》りに行くだよ。んだから、山でも緩まねえもんじゃねえと、だめなんだ」

「ああ、そんなら、確かめてやっぺ」

店の主は草鞋をつぎつぎに並べ出す。

猪狩り、と加門は胸中でつぶやき、背を向けた。あの足袋もそのためか……。

加門が来た道を戻ると、足袋を手にした武士らが出て来た。

三人は胸を張り、意気揚々《いきようよう》として大手門へと戻っていく。そのうしろに、少し間合いをとって、加門は付いた。

「山で修練など、うまくできるかのう」

一人が前方に見える山を見ながら言うと、横に並んだ男らが口を開く。

「うまくできんでも、ためにはなる」

「ああ、こんなことは先生でなければできん、得がたき修練だ」

加門は聞いた言葉を耳の奥で反芻《はんすう》する。

山で修練……先生とは、もしや山県大弐のことか……。

「弓矢も持って行くのだろう」

「ああ、弦《つる》を張り直せねばならんのう」

「矢があったか、確かめねばならんのう」

三人は話しながら、大手門へと迫る。

加門はそっと離れ、道を戻った。

山か……。そうつぶやきながら、途中で見た店へと足を向けた。

六

二日後。

加門は小型の鎌《かま》と鍬《くわ》を勝馬に差し出した。

「これは籠の中に入れて行け」

はい、と勝馬は小さめの背負い籠に鎌をしまうと、傍らの菅笠《すげがさ》を手に取った。

「笠まで買ったんですね」

「ああ、山への薬草取りだ、それらしく見えるだろう。それに、顔も見られにくい」

「はあ、しかし、山でなにをするのでしょうね」

「それを確かめに行くのだ。猪狩りなどと言っているが、藩士は修練という言葉も口にしていた。おかしいし、怪しい」

「やはり、山県大弐が動いているんでしょうか」

「それを、確かめなければならん」

はあ、と勝馬は笠を被ろうとする。

「いや、目立つから山に行ってからでいい」

加門は窓を開けた。空は朝焼けの茜色がまだ少し残っており、境目に澄んだ青色が広がりはじめている。

「さ、行くぞ。遠まわりだが、裏門を抜けよう」

立つ加門に、「はい」と勝馬も続いた。

山の斜面で、しゃがんでいた勝馬が顔を上げた。顔には山の土が付いている。わざと塗ったものだ。

「来ませんね、この山でいいんでしょうか」

「おそらくな」加門も鍬を持つ手を止めて、下界を見た。

「藩士らは歩きながらこの山を見ていた。まあ、それだけが頼りだが」

はあ、と勝馬はまた地面を掘る。

加門は立ち上がり、木立の切れ間に移動した。

あ、と加門が声を上げる。

「来た、麓《ふもと》に迫っている」

勝馬も駆け寄って来る。

三十人近い武士が、山へ続く坂道を上っている。

加門は辺りを見まわした。

「よし、あそこに身を隠そう」

ややなだらかになった斜面に移り、二人は大木の裏に身を寄せた。一応、道といえる登山道を見下ろすことができる。道の途中には、狭いながらも平地がある。

二人はじっと耳を澄ませた。

やがて、人のざわめきと足音が木々のあいだから聞こえてきた。

だんだんと、それが近づいてくる。

加門は息をつめて、木の陰から顔を半分、覗かせた。

木立のあいだから、人影が現れた。

加門は唾を飲み込む。

先頭の男は、黒塗りの陣笠を被っている。と、その顔を上げた。

山県大弐だ。

「ようし、ここだ」

大弐が道から平地へ移動する。

あとに付いていた武士らも、ぞくぞくとそこへと入って行く。

大弐がうしろに手をまわした。その手には軍配《ぐんばい》が握られていた。腰に差していたのだろう。

武士らは皆、白い襷《たすき》を掛け、袖をはしょっている。さらに、それぞれが懐から鉢巻《はちまき》を取り出し、頭に巻き付けた。

そうか、と加門は得心した。町で家人が晒を買い求めていたのは、このためだったのか……。

武士らは背に弓矢を収めた矢籠《やかご》を負っている者が多い。

あ、と勝馬が首を伸ばし、息が加門の耳元で漏れた。

「大筒《おおづつ》ですよ」

銃身《じゅうしん》の長い火縄銃《ひなわじゅう》だ。四人の者が、背に負っていた大筒を手に取った。

ああ、と加門はささやく。

「なにしろ猪狩りだからな、銃を持っていてもおかしくはない」

山での猟では、銃が用いられることが多い。徳川綱吉《つなよし》の時代に百姓の使用は禁止としたが、獣を撃つためには使われ、黙認されている。普段、武士が使うことはないが、多くの藩や武家で、武器として保存はされてきた。

「よいか」大弐が軍配を振り上げた。

「教えたとおり、紅軍と白軍に分かれろ」

おう、と武士らが二手に分かれていく。

「紅軍は逃げろ」

大弐の声で、一方が走り出す。

「よし、追え」

白軍がそのあとを追う。

加門は下から顔を突き出す勝馬に、声を落とした。

「猪狩りではないな」

「はい、どう見ても軍事の修練ですね」

武士らの雄叫《おたけ》びが聞こえてくる。

大弐がまた軍配を振り上げた。

「白軍、撤退、こんどはまわり込んで行く手をふさげ」

おおう、と声が響く。

紅軍の武士らが散って行く。斜面を上り出す者も見える。

「武器を使ってもよい、だが、当ててはならん」

大弐の声に、弓を番《つが》える者も出る。

空に向かって、矢が放たれた。

刀がぶつかり合う音も聞こえてくる。

さながら実戦だな……。腹の底でつぶやいた加門は、はっと目を動かした。

こちらに、男二人が上がって来る。そのあとを、追って来る者もいる。

加門は木の陰に身を隠す。勝馬もそれに倣った。

足音が近づいて来る。

加門は手に鍬を持った。勝馬は鎌を持つ。ともに、被っていた菅笠を引っ張り、顔を隠した。緊迫したなかで向き合えば、どうしても目に力が入る。武士であれば、それに気づかないとも限らない。

駆け上がる武士の姿が、目の前に現れた。

「やっ」

その足が止まる。と、うしろの男がそれにぶつかって止まった。

加門と勝馬も驚いたようにあとずさった。

武士らはその間合いを詰める。

「なんだ、おまんらは」

手にした刀の切っ先を向けてきた。

「へい」加門は背にした籠を脇へとずらした。

「薬草を採りにきたもんで」

「薬草だと」

男二人が踏み出したところに、加門は籠の中を見せる。

「葛《くず》の根です、葛根《かっこん》ってえ薬になるんで」

二人は茶色の根っこを覗き込み、顔を見合わせる。

「今日はいかん」

切っ先をまわす。

「ああ、戻れ」

もう一人も足を踏み出す。

「どうした」

背後から追って来ていた男が、顔を出した。

「なんだ、こいつら」

「薬草を採っていたらしい」

「なんだと」

男は二人のあいだを抜け、近寄って来る。と、手にしていた弓の先で、くいと加門の菅笠を持ち上げた。

覗き込んでくる男と、加門の目が合った。

男の眉が寄る。

「なんだ、きさま……」

男は傍らの勝馬に目を移す。と、手で菅笠を払った。笠がうしろにずれ、顔が顕わになる。

先に来ていた二人も、加門と勝馬を見た。

弓を持つ男が、その二人を振り返る。

「真に薬草採りか、怪しくないか」

ふむ、と一人が進み出る。

「そう言われてみれば、地顔が白いな」

加門は勝馬に目を向けた。勝馬は目元に動揺を見せている。

「おうい」

下から声が上がった。

「陣形を変えるぞ、戻れ」

弓の男が下に顔を向ける。

「待て、怪しい者がいる」

加門と勝馬の目が合う。その目顔が頷き合った。

二人が同時に走り出す。

平地とは反対の斜面を駆け下りる。

「待て」

三人の声が上がり、足音が鳴った。

加門は背に負っていた籠を投げる。

一人の足を打ち、転がった。

「うわぁぁ」

声とともに、木にぶつかる音が鳴る。

勝馬も同じく籠を投げた。が、弓を持つ男はそれを蹴り飛ばす。

「待てっ」

男の声に、加門はつぶやく。待ってたまるか……。

勝馬が手にしていた鎌を投げた。

「うおうっ」

声が上がり、一つの足音が止まる。

走りながら、加門は小さく振り向く。

追って来ているのは、弓を持つ男一人だ。

加門は目を動かす。

「あっちだ」

勝馬に手を上げ、左手を示す。

斜面が切れている。谷だ。

加門は走る。

崖のきわが見えて来た。下には川が流れている。

勝馬を振り向く。すぐ背後に来ていた。

「石か木を拾え」

加門は言いながら、太い木の枝を拾った。それを崖下へと投げる。同時に、口を開けた。

「うわぁぁあああ」

大声を上げながら、崖下へと身を滑らせる。すぐ下にある岩へと下りた。

勝馬も石を投げる。

「ひゃあああっ」

声とともに、加門の横に下りて来た。

投げた枝と石が、崖にぶつかる音が鳴り、次に水音が響いた。

崖の手間で、追って来た足音が止まる。

加門と勝馬は、身を寄せ合って息を詰める。

「ちっ、落ちたか」

頭上から吐き捨てる声が降ってきた。と、すぐに踵を返す音が鳴った。

「どうした」

遠くで交わす声が聞こえてくる。

「川に落ちやがった。死骸が下で見つかったら面倒だ。知らんことにしよう」

「ああ、戻ろう」

三人の気配が遠ざかって行く。

崖の二人は、息をひそめたまま時が過ぎるのを待った。

人がやって来る気配はない。遠くで、男達の声が上がるのが、微かに聞こえてくる。

修練はそのまま続いているようだ。

加門は身を乗り出し、そっと周囲を見る。

「横にずれれば、河原に下りられそうだな」

下の川は浅瀬で底が見える。

「はい、川を渡って向こうの山から戻れますね」

「ああ、宿に戻って、そのままここを発とう」

加門は崖に向き直ると、手足を伸ばした。ゆっくりと移動していく。

「忍びのようですね」

勝馬はそうささやいて、あとを付いて来た。

七

昨夜、小幡藩を出て、夜は吉井藩に宿を取った。

早朝、吉井を出立して、中山道の倉賀野宿で中食を摂《と》った二人は、くちくなった腹でまた歩き出した。

宿場町を抜けると、周囲は広々とした田畑が広がり、人影もまばらになる。

「小幡藩はどうなっているんでしょうね」

勝馬の問いに、加門は今はもう影も見えない甘楽の方向を眺めた。

「そうさな、今頃はまだ陣屋で話し合いが続いているのだろう。吉田玄蕃よりもそれと対立する家老のほうが多いのだから、ほどなく道は定まるだろう。御公儀への叛意があったことは、お城に報告されるはずだ」

「そうですよね。おまけに、あんな軍事の修練まで……あれは、吉田玄蕃に従う藩士らでしょうが、ほかの家老には知られないんでしょうか」

「いや、いずれ知れるだろう。吉田玄蕃への吟味がはじまれば、配下の者らにもそれが伝わる。いや、同じように吟味も受けるだろ。となると、処罰を怖れ、いち早く、修練のことを進んで白状する輩《やから》が出よう、己の身を守ろうとして、な。人というのはそういうものだ」

加門は溜息のような苦笑を漏らす。

「なるほど、御公儀からもお咎めを受けるでしょうから、保身に走る者は出そうですね。お殿様は、その一件、知っておいでなのでしょうか」

「ううむ、どうであろうな。だが、どのみち報告は受けるであろう。で、藩主からこの顚末《てんまつ》が御公儀に報告されるはず。不行き届きとしてお叱りは受けるだろうな、いや、不届きとして罰を受けることになるかもしれん」

ふうん、と勝馬は首を振る。

「二十二歳の若さで厄介《やっかい》なことになったものだ。やはり、藩主などになるものではありませんね」

真面目な顔の勝馬に、加門は笑いを吹く。

「心配は無用だ、ならせてくれと言っても、なれはしない」

あ、そうか、と勝馬も笑い出す。

道のずっと先に、宿場町が見えて来た。

「本庄宿《ほんじようしゆく》ですね」

「ああ、行きは通り過ぎたからな、今日は本庄で泊まろう」

二人は中山道の空を見上げた。

「二人で部屋を取れますか」

加門の問いに、宿の主は「はいな」と二階の奥に案内をした。

旅籠は相部屋が普通だが、相部屋だと込み入った話はできない。それに、小幡藩での出来事を書き留めておきたかった。

荷を解いていると、「お客さん、入るだよ」と女中の声がかかった。

「宿帳は書いてもらえたかね」

盆に載せた茶を持って、女中が入って来る。

「はい、書きましたよ」

加門は宿帳をずいと押し出す。

女中は二人の前に、湯気の立つ茶碗を置く。

「狭山《さやま》のお茶だで、うまいだよ」

「ほう」加門は茶碗を口に運ぶ。

「ああ、ほんとうだ、うまい」

「そうだろ、昔っから、言われてるんだ。色は静岡～」女中は歌いはじめた。

「香りは宇治《うじ》よぉ、味は狭山でとどめさすぅ、ってね」

「へえ、そんな歌があるのかい」

勝馬の問いに、女中は屈託のない笑顔を見せる。

「んだ、狭山の茶摘み歌さ。狭山茶は武州の自慢だでね」

ほう、と加門は女中を改めて見た。十六、七といったところか。

「女中さんは武州の出なんだね、近くかね」

「ああ、けど、こっからはちっと遠いね」

女中は手で山里のほうを指す。

「あっちなら、関村を知っているかい」

加門の言葉に、女中は身を乗り出した。

「関村は隣の村だよ、お客さん、知ってんのかい」

「ああ、前に薬を売りに行ったことがあるんだ。関村の名主、兵内さんにも買ってもらった」

「兵内様」娘の目が大きくなる。

「兵内様に会っただかね」

声も高くなった。まるで、恋の相手の名を聞いたようだ。

「娘さん、名はなんというんだい」

娘の顔が硬くなる。

「おらはうめ。けんど、枕はやらないよ、そういう約束で来てるんだ」

「いや、そうじゃない、ちょっと話を聞きたいと思ったんだ。おうめちゃんは兵内さんを慕っているようだから」

「ああ、なんだ」おうめの面持ちが弛む。

「そらそうだよ、兵内様はおらたち百姓を救った神様だで」

「神様」

「そうだ、おらだって、救ってもらったんだ。お伝馬が増やされると決まったあと、村には女衒《ぜげん》が来ただよ。あっちこっちの村、娘を探してよ。兵内様が立ち上がってくんなかったら、おらはとっくに売られてただ。んだから神様だ」

「そうか」加門は背筋を伸ばした。

「いや、あたしも兵内さんのお屋敷で世話になったことがあるんだ、薬を売らせてもらってね。だから、気にかかっていたんだ。とんだことになったと聞いてね……河原で晒されたとか……首はどうなったか、おうめちゃんは知ってるかい」

　ああ、とおうめは口を歪める。

「三日も晒されたんだよ。けんど、あとは好きにしていいっつって役人はいなくなっちまったから、関村の観音堂にお祀《まつ》りしただよ」

「観音堂……そうか」

　加門は肩の力を抜いた。気持ちのどこかで、ずっと引っかかっていたことだった。

「ならばよかった」

　おうめがすっくと立ち上がる。

　と、抑えた声ながら、歌い出した。

「ここに関村兵内様はぁ、民の難儀を救わんものと、ひとりつくづく思案をきわめぇ、すずり引き寄せ墨すり流し〜」

　加門と勝馬があっけにとられて見上げるなか、おうめは手を上げ、足を踏んだ。

「すぐに回状書きしたためてぇ、まわしいたせば天性不思議、まわりまわって中山道のぉ、宿場宿場に百姓達が〜」

　おうめは両の手を動かし、歌いながら畳の上を踊りで進む。

「義憤を口に集まり来たり、もうこれ以上は我慢にならんと、口々に叫び江戸へと向かう～エンヤレエンヤレ」

エンヤレエンヤレをもう一度歌って、おうめは足を止めた。

見上げる二人に向き直ると、おうめはにこりと笑った。

「兵内くどきだ」

ほう、と加門は手を打った。

「いや、歌までできたのか」

回状は兵内が一人で作ったことになっているのか……いや、栄覚をかばうためかもしれないな……寺を守るために死んだのだから、名を出すわけにはいくまい……。加門は得心して、音が出ないようにそっと手を打った。

おうめの抑えた声は、役人に聞かれることを憚《はばか》ってのことだとわかったからだ。

「いい歌だ」勝馬がつぶやく。

「兵内さんの供養になっていることだろうね」

「んだ」おうめが頷く。

「おっとうらが言ってただ。供養するのも大事、子孫らに伝えるのも大事って」

そうだな、と加門が懐から巾着《きんちゃく》を出した。

「礼だ、いい歌を聴かせてもらった」

差し出された小銭を、おうめはおずおずと受け取る。

「いいのかい」

加門が笑顔で頷くと、おうめは両の手を握りしめた。

「ありがとさんで。これで村に帰るとき、弟らに菓子買ってやれるだ。んなら、おら、行くで」

おうめはうれしそうに階段を下りて行った。

「寄ってよかったですね」

勝馬も目を細める。

「さて」加門は立ち上がった。

「明後日には江戸だ」

窓から顔を出して、江戸へと続く道を眺める。

江戸の町や人々が、思い出されてくる。

戻ってから、どうするべきか……ここで探索を終えるわけにはいくまい……。加門は考え込む。

そうだ……。加門は手を打つと、小さく頷いた。

第四章　兵乱の星

一

御庭番御用屋敷。

文机に向かっていた加門は、筆を置いて縁側へと出た。

腕を伸ばし、全身の伸びをする。

旅から戻って五日。

疲れも取れた一昨日から、家で報告のための書状を認《したた》めていた。

よし、できた、明日、持って行こう……。加門は凝《こ》った肩をまわす。

「父上」

庭から声がかかる。

祖母の光代と花を摘んでいた鈴と千江が、見上げていた。

「父上はどのお花がよろしいですか」

ううむ、と加門はしゃがんで庭を見る。

「そうだな、その山吹《やまぶき》がよい。だが、ひと枝でよいぞ、竹筒に差してくれ」

はい、と頷きつつ、鈴は加門の頭をまじまじと見る。

「父上、頭《おつむ》が変です」

ああ、と加門は己の頭に手を乗せた。月代にうっすらと生えた髪が、ちくちくと掌に当たる。

「ほんにねえ」光代が笑う。

「いろいろと姿を変えるのは見慣れているけれど、そのような頭は初めて見ましたよ、面白いこと」

「あらあら」いつのまにかうしろに立っていた千秋が、頭を覗き込む。

「そうですね、さすがに剃刀《かみそり》を当てましょう。そろそろ、御登城もなさるのでしょう」

「いや、いい」加門は首を振る。

「このまま伸ばす。登城も当分はしない」

まあ、と千秋は目を丸くした。が、その目顔で、はい、お役目ですね、と頷く。

「わかりました。また、遠出をなさるのですか」

「いや、行かぬ。ずっと屋敷におる」

「あら、なれば、その御髪《おぐし》が伸びていくさまを見ることができるのですね。楽しみですこと」

微笑む千秋に、鈴が寄って行く。

「父上はずっと頭が変なままなのですか」

光代がうしろから笑い出した。

「ええ、そうよ、なれど、よそのお宅に行ってそう言ってはなりませんよ。おかしな噂が立ってはいけませんからね」

千秋は笑いを堪《こら》えて、鈴の肩をつかむ。

「頭ではなく、御髪と言いなさい、よいですね」

ははは、と笑いを放ったのは加門だった。

「よいよい、子供は案外と真《まこと》を見抜くものだ」

ま、と千秋が口を尖《とが》らせる。

「それが真では困りますよ」

そう言いながらも、同じように笑い出していた。

翌日。夕刻を待って、加門は田沼邸を訪れた。

すでに下城していた意次が、いつもの居室で「おう」と手を上げた。が、入って来た加門の姿に、開けた口をそのままにする。

「どうした、その頭は」

いや、と加門は頭を撫でながら向かいに座った。

「まずは、小幡藩探索の報告書です」

かしこまって、巻紙を意次の前に置く。

ふむ、と手に取って、意次は読みはじめた。文字を追うに従って、顔が強《こわ》ばっていく。終《しま》いまで読むと、その顔を上げた。

「なんと、山県大弐は、このようなことを言うたのか」

加門は頷く。

「まさか、これほどのことをのたまわるとは、わたしも驚いた。だが、確かだ」

ふうむ、と意次は紙を巻き戻しながら、眉を寄せる。

「小幡藩はこれを聞き捨てにはせずに、動いているのだな」

「ああ、吉田玄蕃と対立する家老らが話し合っているはずだ。お城にはまだなにも言ってきていないか」

「なにもない。まあ、事が事だけに慎重に進めているのかもしれん。老中方が知ったら、ただではすまんだろうしな。わたしもとりあえず上様にはお伝えするが、あとは織田家の出方を待ってからにしよう」

うむ、と加門は姿勢を正した。

「でな、わたしは考えたのだ。小幡藩では吉田家と他家の家老らで長年対立してきた。こたびのことで、おそらく吉田玄蕃をつぶそうと諮《はか》るだろう。が、山県大弐はもともと藩とは関わりがない。処罰をする筋でもない。となると、また江戸に戻って来るだろう。逗留《とうりゆう》は四月のみ、と決まってもいたことだしな」

「ふむ、そうか」

で、と目顔で問う意次に、加門は頭を撫でて見せた。

「どうだ、月代があるときと、面立ちが違って見えぬか」

む、と意次は首をひねりつつ、まあ、とつぶやく。

「長い付き合いだからな。加門は加門だ」

はは、と加門は苦笑する。

「それはそうか。いや、だが、付き合いのない者であれば、わからんかもしれん。実はな、山県大弐の私塾に潜り込もうと考えているのだ」

「私塾に、か」

「ああ、去年の暮れ、隠密同心が襲われたさいに、私塾の門弟とやりあった。が、顔を合わせたのはその折の一度だし、すでに四月《よつき》が過ぎた。さらに、こうして髪を変えれば、おそらくわからないだろう」

「なるほど、それで伸ばしはじめたのか」

「うむ、あそこは浪人が多いから、目立たなくもなるしな。で、塾生として潜り込んで、山県大弐がなにを講義しているのか、この耳で確かめる。さらに探索を続ける、ということになるのだが、どうであろうか」

控えめに首を伸ばす加門に、おう、と意次は膝を叩いた。

「それはよい、頼む」

「そうか」加門はほっと顔を弛める。

「いや、勝手に動くわけにはいかぬゆえ、お伺いを、と思ったのだ」

「ああ、この件は上様からまかされておるゆえ、わたしの一存でなんとでもなる。御下命として、続けてくれ。いや、そなたが調べてくれるのなら、心強い」

「承知つかまつりました」

かしこまる加門に、意次は笑顔で、

「よろしく頼む」と、返した。

「して、いつから行くのだ」

「うむ、もう少し、髪が伸びてからにする。今は、あまりにも半端《はんぱ》でかえって目立ちそうだからな」

「ああ、そうだな、わたしも最初に見たとき、笑い出しそうになった」

「そうだろう、家では笑われたのだ」

やはりか、と意次が笑い出す。と、廊下に向け手を打った。

「膳を頼む」その顔を加門に戻す。

「ゆっくりしていけ、小幡藩のことをくわしく知りたいしな」

「うむ、わたしも話したい。大手門が立派でな……」

加門はつぎつぎに思い返される風景を、言葉にしていった。

二日後。

着流しの浪人姿で、加門は八丁堀へと出向いた。

すっかり見知った長沢町の道を入って行く。

山県大弐の家が見えて来た。

もう戻っているのだろうか……。ぶらぶらと歩きながら、目を家へと向けた。

お、と目を留める。戸に白い紙が貼ってある。

五月から再開、と記されている。

加門は足を緩め、家へと寄って行く。耳を澄ませると、中から人の声が聞こえてきた。「先生」と呼びかける男の声だ。

戻っていたか……。加門は横目で家を見ながら、そっと離れた。

二

四月二十五日。

加門は城の内濠《うちぼり》沿《ぞ》いの坂を上がっていた。坂の上にあるのは江戸城北の丸の田安御《たやすご》門《もん》だ。御門の外には町や武家屋敷が広がっている。

そのうちの一つが、小幡藩織田家の上屋敷だ。参勤交代の行列は、今日、着くことになっている。陽はすでに傾いているが、まだ行列は来ていない。

屋敷の前を一度、通り過ぎ、加門は辺りをぐるりとひと巡りした。さらにもうひと巡りして戻ってくると、その足を止めた。行列だ。

加門は辻に身を隠し、その行列を待つ。

先頭が来た。そこから、ずっと行列が続いて行く。荷物には、織田家の家紋である織田木瓜《おだもっこう》が記されている。

家格は高いものの、二万石の小藩らしく、さほどの大行列ではない。加門は、辻からじっと見守った。

馬の蹄《ひづめ》が鳴る。

加門は半歩、踏み出した。

おそらく家老のはずだ。

あ、と加門は息を飲み込んだ。馬の手綱《たづな》を引いているのは、国家老の一人、拓源四郎だ。屋敷で会ったときよりも引き締まった顔をしている。

やはり吉田玄蕃は排されたか……。加門は胸中でつぶやきながら、続く乗物《のりもの》を見た。暖かさのせいか、窓が半分開けられている。外を窺うように、顔を向けているのは、藩主の信邦に違いない。暗い中でも若さが見てとれる。

行列が通り過ぎ、加門は道へと出た。

上屋敷へと入って行くのが見える。

加門はそっと、その場を離れた。


翌日。

加門は再び、小幡藩上屋敷へと赴《おもむ》いた。

参勤交代で江戸に着けば、藩主が登城し、城中で挨拶をするのが倣《なら》いだ。

加門はすでに開かれた門を見ながら、昨日見た藩主の顔を思い出していた。弛んだ面持ちではなかった。

今日、城中で自ら報告をするのだろうか……。加門は考えながら、ゆっくりと門へと近づいた。

中では行列が整い、藩主の乗物が担ぎ上げられたところだった。

ゆっくりと外へと出て行く。

加門は道の端でそれを見送り、歩き出す。しばらく行って、引き返そうと足を止めた。が、踵を返す前に、それが止まった。

藩主が出て行った門から、別の人影が現れたのだ。

拓源四郎だ。二人の供を連れ、こちらへと向きを変えた。

加門はまた向きを戻し、ゆっくりと歩みを再開する。

三人は、程なく横を通り過ぎた。拓源四郎の顔は硬く、足捌《あしさば》きは速い。

加門はそのうしろに付く。どこへ行く気だ……。

拓は外濠《そとぼり》のほうへと進み、やがて濠に行き当たると、左へと曲がった。

外濠沿いに、ひたすら進んで行く。右側は崖になっており、その下には水が湛《たた》えられている。

加門はその道筋を頭の中に刻み込んだ。

一行は、ある門の前で止まった。角の屋敷で、門構えはいかにも旗本屋敷然とした立派な造りだ。

加門はゆっくりと横目で見ながら、前を歩く。

脇戸が開いて、一行は中へと招き入れられて行った。

誰の屋敷だ……。加門は目だけで塀を見ながら、角を曲がった。

塀は長く続いていた。

屋敷に戻った加門は、切絵図《きりえず》を広げた。

江戸の町や武家屋敷の配置が細かく記された絵図だ。武家屋敷の囲いには主の名が書き込まれている。商いをする人々にとっては重宝する絵図だ。

見えんな、とつぶやいて、加門は絵図を顔から離す。絵図にはびっしりと屋敷の区画が示され、その中に主の名が記されている。字はどれも小さい。

拓源四郎を追って歩いた道を思い起こしながら、絵図の道を辿った。

ここだ、と加門は顔を近づける。が、またそれを離す。

まったく、目が上がる、とはこういうことか……。加門は小声でつぶやきながら、絵図を近づけたり離したりと動かした。

「あら、旦那様、なにを」

千秋が部屋に入って来た。

む、と顔を上げた加門はしばし妻を見つめ、いや、と首を振った。

「そなたも同様だろう」

「まあ、なにがです」

千秋は隣に座ると、加門の手元を覗き込んだ。

「絵図ですね」

顔を寄せながら千秋は、ああ、と声を洩らした。すっと指を伸ばし、絵図の一画を差す。

「まあ、板倉《いたくら》様のお屋敷はずいぶんと広いこと」

「見えるのか」

加門は妻を見る。千秋はにっこりと笑んで、はい、と頷いた。

「む、では」加門は絵図を妻の前に移して、指で差す。

「この屋敷の主はなんと書いてある」

はい、と千秋は顔を寄せた。

「織田信栄、と」

その言葉に、加門は「ああ」と、上を見る。

「そうか」

千秋はその夫に、笑みを向け続ける。

「ほかにもなにか」

「ああ、いや、よい」

加門はそうか、と繰り返して膝を撫でる。

織田信栄は信邦の実父だ。信雄の血筋であり、小幡藩を継いだ家とは、ごく近い親戚にあたる。六代藩主の信富《のぶよし》に男子がなかったため、信栄の子である信邦が養子に入ったのである。

信栄の生まれた織田家は江戸に屋敷を持ち、旗本のなかでも格式の高い高家の位を与えられている。さらに、信栄は高家肝煎《きもいり》に任じられていた。高家のうち三人のみが選ばれ、高家の人々を監察する立場だ。

なるほど、と加門は一人、頷いた。相談に行ったか、もしくは報告か……。加門は拓源四郎の堅い面持ちを思い出していた。

五月。

加門は田沼邸で意次と向き合った。

「織田家からはまだなにも言ってこないままか」

加門の問いに、意次は「うむ」と返す。

「なにもない。未だに協議をしているのか、どうにもわからん。まあ、もうしばらく待ってみるつもりだ」

そう言いつつ、意次はまじまじと加門の頭を見つめた。

「髪が伸びたな。確かに、そうなると面立ちまで変わって見える」

「お、そうか、なればしめたもの。そろそろ、山県大弐の私塾に潜り込もうと思っているのだ」

「む、そうか、だが、気をつけろよ。襲うような輩がいるのだし、どのような者が集まっているのか、油断はできん」

「ああ、気をつける。しかし、この耳で確かめないとな」

加門は茶を含みながら、顔を上げた。

「そういえば、伊達重村殿はどうなった、まだ官位は上がっていないのだろう」

中将の位を求めて、大奥の高岳や老中松平武元に付け届けをしたのは一昨年の暮れのことだ。伊達家の使いは意次への目通りも願っていたが、それをぴしゃりと断っていた。高岳や松平武元は大層な額を受け取ったらしいが、効果があったという話は出ていない。

「ああ、付け届けは無駄だと気づかれたようだ。最近は、御公儀の御手伝普請《おてつだいぶしん》を買って出て、あちらこちらの川普請をしている」

「ほう、それはそれで、金がかかるだろうに」

「うむ、仙台藩は財政が厳しいと聞いている。困るのは藩の民であろうな、たかだか官位のためにそこまでせんでもよかろうに、と思うがな」

「まったく」加門は眉をひそめる。

「武家の見栄というのは、まさに虚栄だな。上辺《うわべ》は飾っても中は空《うつ》ろだ」

ああ、と意次は笑う。

「我らのように、大した出ではない、というほうがよほど気楽だ。人と競おうとも思わんからな」

ははは、と二人の声が交わる。

加門は己の頭を撫でた。

「こんな姿で町を歩いていると、本物の浪人になったようで武士の見栄が薄れてくるのだ。役人を見ると肩肘《かたひじ》張《は》っているのが、無理をしているように見えてくる。お城に行かずにいると、ものの見方が変わりそうだ」

「ほう」意次は身を乗り出す。

月代の伸びた頭で登城することはできないため、城には近づいてもいない。

「そうか、よいな、そのうちにわたしも町に出る。ともに歩こう」

おう、と加門は膝を打った。

三

八丁堀長沢町に続く道で、永代橋の方角を見ながら加門は待っていた。

来た、と足を踏み出す。

やって来た岩城平九郎と青池十市の二人に、加門は近寄った。

「おはようございます」

え、と二人は立ち止まり、加門を見る。ひとときの間を置いて、平九郎はあっと声を上げた。

「宮内殿でしたか」

ああ、と十市も口を開いて、加門の髪の伸びた頭を指でさす。

「いや、見違えそうになりました」

はは、と加門は頭を撫でた。

「総髪にしようと思い立ち、伸ばしておるのだ」

「ほう、そうですか」平九郎は頷きつつ、首をかしげる。

「我らをお待ちだったのですか」

「うむ、実は山県大弐の講義を聴いてみたいと思うてな、どうだろう、いっしょに行ってもよいだろうか」

「ああ、それなら」平九郎は歩き出す。

「ともに参りましょう。口利きの者がいれば、拒まれることはありません」

三人は長沢町へと入って行った。

「講義は四日続いて一日休みです。通われますか」

十市の言葉に加門は頷く。

「うむ、しばらく通ってみたい。評判の私塾がどのようなものか、やはり聴いてみなければわからんしな」

「そうですね、ぜひ、直《じか》に聴いてみてください」

平九郎が真剣な眼差しで頷く。

私塾に着くと、戸が開け放たれ、すでに門弟が集まっていた。

平九郎は足を止め、加門にささやく。

「初めての人は入り口で名を記すことになっています。ただ、そこにいるのが……いや、大丈夫でしょう。我らでさえ、見違えたのですから」

その目で、土間に立つ二人を示した。

去年の秋、隠密同心を襲った二人だ。

「あの二人か……名はなんというのだ」

「背の高いほうが戸部惣兵衛《とべそうべえ》、怒り肩のほうが水田矢之吉《みずたやのきち》です」

ふむ、と加門は頷く。

平九郎と十市が先に立って戸口に入る。と、二人に加門を手で示した。

「新しく入門願いのお人を連れて来ました。宮内加右衛門殿です」

ふむ、と戸部が加門を見る。表情は変わらない。

「では、こちらに名と所在を」

はい、と加門は偽りの名と神田の小さな町の名を記し、適当な長屋の名を書いた。

水田は加門の手元を覗き込み、長屋か、とつぶやいて顔をそむけた。

十市が「さ、あちらへ」と促し、三人は座敷へと上がり込んだ。

「や、平九郎殿、そちらは」

一人が話しかけてくると、

「うむ、入門のお方だ、宮内殿といわれる」

そう答えながら、端へと行く。

片隅に落ち着くと、加門はそっと目を動かした。三十人以上を数えるが、ほとんどは浪人と見える。真剣な面持ちの者もいるが、周囲と談笑している者もある。

しばらくすると、だんだんと静かになってきた。

襖が開くと、しんとして皆、居住まいを正す。

山県大弐と藤井右門が皆の前に立った。

「おはようございます」

双方から挨拶が交わされ、弟子らが頭を下げる。

大弐は正面の文机の前に座ると、皆を見渡した。

「要望があったので、孫子の兵法について話す。以前にも話したが、孫子が偉大であるのは、戦いに対する考え方を、新たに切り開いたからだ。孫子が生きたのは二千年も前であったゆえ、それまでは勝敗は運に頼っていた。敵方の弱みを知るために、占いまで駆使しておったのだ。しかし、孫子は勝敗は運ではない、勝つにも負けるにも、それなりの理《ことわり》があると説いたのだ……」

声を高らかに、滔々《とうとう》と説く。

「孫子が大事と見做《みな》したものの第一は、道だ。これは将たる者と兵の気構えが一致することである。命をともにするほどの、心意気の一致である……」

大弐は途切れることなく言葉をつなげていく。が、突然、声が高まった。

「しかし、今の世はどうか、将軍の配下は気構えが腐りきっておる」

手で文机を叩く。

「皆も覚えているであろう、一昨年のあの不届き……」

加門はあれか、と目を伏せた。

明和元年、旗本の不埒《ふらち》な行状が明るみになった。

八月のある日、水練《すいれん》を行う、との名目で朝から大川に船を出した旗本四人がいた。が、実際は船には芸者も呼んでおり、行ったのは酒宴だった。

四人は酔って騒ぎ、羽目《はめ》を外して楽しんでいた。そのうちに旗本の一人、杉原七《すぎはらしち》十郎《じゅうろう》は、船から落ちてしまったのだ。が、ほかの三人はそのことに気づかずにいた。

やがて、気がついたときには、杉原は川で溺《おぼ》れ死んでいたのだ。

三人は慌てて取り繕《つくろ》った。杉原家は七百石の旗本だ。とても真実は言えない。水練の最中に溺死《できし》した、と公儀に届け出たのである。

しかし、多くの船が行き交う大川での出来事。たちまちに真相は知れ渡り、公儀の知るところとなった。士分は召し上げとなり、すでに亡き杉原家も含め、四人は幕臣の身分を失った。

これはすぐに江戸の町に広まり、落首が生まれた。

〈船に酔い　酒にすぎ原七十郎　七百石を川へ進上〉

町人らは面白がり、至る所でネタ話にされた。

幕臣らはしばらくのあいだ、決まりの悪い仏頂面《ぶっちょうづら》にならざるをえなかった。

加門はそのときのことを思い出し、当時のように顔を歪めた。

大弐がまた文机を叩く。

「旗本ともあろう者が、あのような無様《ぶざま》なありよう、今の世がいかに悪しきものであるか、その表れである」

大きな口を開く。

なるほど、こうして御公儀の批判になるのか……。

加門はその響く声を聴きながら、大弐の姿を見つめた。

背が高く筋骨が太い。顔の血色はよく、すべてに勢いがある。

陽の気の塊《かたまり》だな……。加門は腹の底でつぶやいた。

「飯を食いに行きませんか」

講義が終わると、平九郎が加門に笑いかけた。

「うむ、よいな、あの深川の飯屋だな」

ええ、と十市も立ち上がった。

皆、ぞろぞろと外へと出て行く。

が、加門はふと耳を澄ませた。家の奥から子供の声がする。母らしい女の声も聞こえる。

そちらに顔を向けている加門に、十市がささやいた。

「先生の御妻女《ごさいじょ》と御子です」

「ほう、家族がいるのか」

はい、と外に出ながら、十市が頷いた。

「一昨年あたり、迎えたようですよ。御子は去年生まれたそうで」

「ええ」平九郎も小声で言う。

「表には連れて来ないので、見たことはありませんが」

ほほう、と加門は永代橋へ続く道を歩きながら、二人を見る。

「私塾がうまくいって、嫁取りができたということか」

「ああ、それが」十市がささやく。

「なんでも、御妻女は上州のお人だそうで。だから、吉田玄蕃様が世話をしたのではないか、と噂する者もあります」

「ほう、なるほど……そういえば、その吉田様の姿はなかったな、いや、小幡の藩士は一人もいなかったようだが」

三人は永代橋を渡りはじめた。

それが、と平九郎は私塾の方向を振り返る。

「五月に再開してから、吉田様も小幡藩士もまったく出て来ていません。四月に先生が小幡藩に行っていたわけですから、あちらでなにかあったのではないか、と言う者もいます」

「そう」十市が続ける。

「戻って来てから、先生の調子が少し下がった気もしますし」

「ほう」加門は二人を交互に見た。

「今日の講義はそれなりに熱かったと思うたが。特に御公儀批判のときには、声に勢いがあった」

「いや」十市が首を振る。

「前はもっと勢いがありました。唾を飛ばすほどに」

ほう、と加門は沈思する。

吉田玄蕃は国許でなんらかの処罰を受けたはずだ。おそらく、山県大弐もそのさい、詰問などをされただろう。あの山での軍事教練のようなことも、知られたはずだ。藩から責めを受けたせいで、自重するようになったのだろうか……。

橋を渡り終え、深川のにぎわいのなかに入って行く。

「して、宮内殿、どうなさいますか、この先も通われますか」

平九郎の問いに、加門は「ああ」と頷いた。

「一度ではよくわからんし、それなりに興味が湧いた。これからも通うことにする」

「や、そうですか。では、ときどき、こうして飯でも食いましょう」

十市が笑顔になる。

飯屋の暖簾《のれん》が、近づいて来た。

四

五月から六月に月が変わり、加門は私塾での定位置が決まってきた。平九郎や十市と、いつもうしろの端のほうに座る。全体が見渡せて、都合がよかった。

その一方、一番うしろに座る二人組、戸部と水田の気配が近く、落ち着かない。二人は威嚇《いかく》でもするように眉を吊り上げて、皆を睥睨《へいげい》する。それがまるで役目とでもいうように、緩める気配はなかった。

六月の下旬。一人の男が入って来ると、二人はその態度をさらに強めた。

品川《しながわ》から来たというその浪人は、人当たりがよく、気さくに誰とでも話す。

二人は腕を組んで、そのようすを見つめる。加門はそっと二人のやりとりに耳を向けた。

「なんだ、あやつ、浪人らしくもない」

戸部が言うと、水田も吐き捨てるように頷く。

「間者や隠密は愛想がよい、というぞ。怪しいな」

加門は浪人を見る。

横に並んだ男に、笑顔で話しかけている。早口なのは、話し好きなせいだろう。違うな……。加門は苦笑をかみ殺した。隠密役は確かに愛想がよくなくては務まらない。仕事の大事は話を聞き出すことであるから、人当たりがよく、誰とでも親しくなれる質が求められる。それは御庭番においても、同様だ。が、隠れてひそかに動く者は、目立ってはならない。朗《ほが》らかすぎてはいけないのだ。

加門は目をほかに滑らせた。

このなかに本当の隠密、黒鍬者がいるはずだ。私塾に入ってから、気をつけて見ているが、未だに誰であるのか、特定できていなかった。ただ、二人、気になる男がいた。

一人は桑田《くわた》という細身の男。もう一人は大野《おおの》という小柄だが骨太の男だ。二人とも、ほどほどに人当たりがよく、良くも悪くも目立たない。が、ふとした折に、目付きがきらりと光る。

いや、見てはいけない……。加門はそちらに目が向きそうになるのを抑える。注視をすれば、戸部らが不審を抱きかねない。

どちらにしても、気にすることはないのだ……。そう言い聞かせていた。戸部らとも、よけいな関わりは持つまい……。

ゆえに、戸部と水田が浪人に絡んでも、加門は聞き流していた。

「ちょっと待て」水田が浪人を呼び止める。

「そのほう、品川にいたと言ったな。宿場の名主は知っているか」

「はあ、確か名は……」

浪人は答えるが、戸部がさらに問う。

「では、宿場女郎のおきねは知っているか」

「や、それは……」

困惑する浪人を、「はあん」と睨《ね》めつける。

そんなやりとりがいくども繰り返され、浪人はやがて姿を見せなくなった。

「やはり、探っていたのかもしれん」

講義のはじまる前、二人は顔を寄せ合っていた。耳を澄ませていた加門は失笑しそうになる。

あれほど絡まれれば、いやにもなるだろう……。が、その耳をピクリと傾けた。

「先生は気をつけろ、と仰せになったからな」

「ああ、いま一度、気を張っていこう。ちと、気になる者もおるしな」

加門は息を吸い込む。

まさか、わたしではあるまいな……。そう思うと、背筋が伸びそうになる。が、それを慌てて弛めた。長屋住まいの浪人らしく、力を抜かなければ……。加門は息を吐いて、肩の力を抜いた。


なにも動きはないままに、七月になっていた。

「今日はわたしが少し、話をする」

藤井右門が、前に座る。時折、藤井は大弐に代わって話をすることがあった。内容はもっぱら、国学や天皇家などのことだ。

「今日は聖武《しょうむ》天皇のことを教える。皆は、奈良《なら》の大仏は見ていないであろう、実に立派なものだ。聖武天皇はその大仏を作られたお方だ……」

天皇の血筋や施政などを述べていく。その声には情が加わり、熱を帯びていった。

「聖武天皇は大仏の建立でもわかるように、大変慈悲深いお人柄であったのだ。その皇后もまた慈悲深く、施薬院《せやくいん》を造られて、貧しい民に薬や療を施されたのだ。なんと、皇后御自ら病人の膿《うみ》を吸い取ったのだぞ。そしてそのとたん、その病人は光り輝いたのだ。あろうことか、それは人ではなく、阿閦如来《あしゅくにょらい》であったのだ」

頰を紅潮させて、皆を見渡す。

なんとも、と、加門は腹の底がむずがゆくなった。この男、頭が夏物の単衣《ひとえ》のようだな、軽い……。

聖武天皇の皇后光明子《こうみょうし》は藤原不比等《ふじわらふひと》の娘だ。本来、皇后に就けるのは皇族の女人のみと法で決められていた。が、藤原氏がそれを覆《くつがえ》し、むりやりに娘を皇后の位に就けたのである。

加門は藤井の得意満面の顔を遠目で見る。

この男、書き記されたことを鵜呑《うの》みにするのだな。病人が阿閦如来であったなど、皇后を神格化して、法を曲げたことから目をそむけさせるための作り話ではないか。史書は勝者が書き残すもの、裏は明かさぬし、それによって真実は隠されるというのに……。

加門は半ばあきれて、目を逸らした。

藤井は胸を張って、講義を続けていた。

そのあと、前に座った山県大弐は、藤井の話など気にするようすもなく、自らの講義を行った。

「今、天には動きがある。熒惑星《けいこくせい》（火星）という星が動いているのだ。古来、この星が動くときには兵乱が起きるとされている。あの伝馬騒動も、その一つに違いない。まさに今、兵を起こす時、ということである。戦というのは、それを起こす機運というものがあり……」

大弐は古い戦をつぎつぎに挙げて、説明をした。

講義が終わって、外に出ようとした加門は、ふと奥に目を向けた。目付きの鋭い桑田が、戸部に呼び止められている。

「そなた、相模《さがみ》から来たと言ったな。あの辺りの藩は近年、改易も転封《てんぽう》もないが、なにゆえ、浪人となったのだ」

「いや」桑田はむっと口を曲げる。

「浪人となったのは三代前、藩によるものではない、家の……あるわけがあってのことだ」

「ほう、その家のわけとやら、聞かてもらおうではないか」

水田も横に並んだ。

「そのようなこと、話す筋合いはない」

桑田が声を尖らせると、二人は間合いを詰めた。

「いや、われらは先生から目付役を任されているのだ、聞かねばならん」

皆、横目で見つつ、外へと出て行く。

加門も、もうそちらを向くことなく、外へと出た。

外に出ると、平九郎が寄って来て加門の肩を突いた。

「今日はお急ぎですか、もし、よければうちに来ませんか」

え、と見ると、背後の十市の横にもう二人並んでいる。よく二人と話をしている、
川谷《かわたに》佐平治《さへいじ》と高岡《たかおか》庄右衛門《しょうえもん》だ。

「ほう、では参ろう」

加門が頷くと、皆が歩き出した。

永代橋を渡って深川の町に入る。

途中、煮売りの菜や酒を買って、着いたのは寺だった。

平九郎は加門に振り向いた。

「ここです、いや、うちではなく、ここのお堂を借りているのです」

境内の奥へと進み、古びた堂へと導いて行く。

「さ、どうぞ」

十市が戸を開け、川谷と高岡も馴れたふうで入って行く。板間には、文机などが並んでいる。

「普段、寺子屋をしているのです。元は不動堂《ふどうどう》だったのが雨漏りするようになったので、お不動様は本堂に移したのです。そこをわたしが借りて、雨漏りを直しました」

十市が頷く。

「お不動様は二十八日が縁日だそうで、毎月、二十八日は寺子屋を休みにして、ここで集まるようになったのです」

「ほほう、いいですな」

加門は堂内を見まわしつつ、四人の顔も見た。なるほど、しばしようすを見たのちに、わたしを仲間に入れてくれた、ということだな……。

「さ、座ってください」平九郎が文机に皿や茶碗を並べる。

「お寺ですから、酒は般若湯《はんにゃとう》ということで、静かにやります」

皆が小さく笑いながら、輪になって座る。

談笑しながら、それぞれの顔がうっすらと赤く染まっていく。

加門も酒を含んで、買ってきた小女子《こうなご》の佃煮《つくだに》をつまんだ。それを嚙み砕きながら、誰にともなく問う。

「あの藤井右門というお人、いつから講義をしているのか、おわかりか」

ああ、と十市が口を開く。

「三年前からですよ、山県先生に取り入ったんでしょう、自分も講義がしたい、と」

「うむ、人の上に立ちたがる質だからな、なにかにつけて京にいたことを鼻にかける」

川谷の言葉に高岡が続ける。

「そうよ、竹内式部の高弟だったと言うておるが、高弟というほどの者ではなかったらしいぞ」

「そうであろうよ」平九郎が苦笑する。

「そもそも師が捕まったとたんに逃げ出す男だ、品格は知れたものよ。赤穂浪士《あこうろうし》の末裔《まつえい》などと言っているが、それも怪しいものだ」

「ほう」加門は目を見開く。

「赤穂浪士とは……ゆえに御公儀に含むところがある、ということか」

「いや、どうでしょう、赤穂浪士といっても、討ち入りの一党には端《はな》から入らなかったそうですから」

平九郎が言うと、高岡も失笑を見せた。

「うむ、病を得ていたとかなんとか、言い訳をしておったがな」

ふうむ、と加門は顎を撫でる。

「しかし、山県大弐先生は、竹内式部の弟子を得て心強いでしょうな」

「ああ、それは確かに」十市が頷く。

「藤井右門が来てから、山県先生の口調がますます強くなったと、古くからいる弟子が言うてました」

「ほう、やはり」

「これで竹内式部まで江戸に来たら、もっと勢いが高まるのだろうな」

川谷のつぶやきに、加門は首を振った。

「いや、それはない」

皆の目が集まる。

加門はゆっくりと皆を見る。

「竹内式部は京から追放になっただけでなく、関八州や甲府などの直領、それに東海道や中山道に立ち入ることも禁じられたそうだ」

加門の言葉に、それぞれが頷く。

「ほう、そうでしたか」

「なるほど、江戸には決して近づけまい、ということか」

「さすが、御公儀はぬかりない」

「追放ですませたとは、情け深いことだ」

口々に言い合うのを聞きながら、加門はほっと息を吐いた。この四人、御公儀への叛意はないな……。

「ですが」平九郎が加門を見る。

「よくご存じですな」

「ああ、知り合いに役人がいて、聞いたのだ」

ほほう、と皆が納得の顔になる。

「役人か、よいな」

川谷がつぶやくと、ああ、と十市が天井を見上げた。

「仕官したいものだ」

「うむ、長屋でなく屋敷で暮らしたいものだな」

皆がまた談笑をはじめた。

五

にぎやかに人の行き交う日本橋の町を、意次が見渡す。

「いつもどおり、人が多いな」

「ああ、年々、人が増えているように思うぞ」

加門も顔を巡らせる。

「うむ、地方から江戸に来る者が増えているのは確かだ。この先、もっと増えるだろう。人も物も、出入りが盛んになっていくはずだ」意次が腕を組む。

「もっと町を広げたいものだな、さすれば店も増え、商いが盛んになる」

「大川の近くなら、まだ使えそうな土地があるぞ。川岸を埋め立てれば、町も広がるだろうし。行ってみるか」

「おう、そうだな」

二人は日本橋の表通りから、離れて行く。

神田に入り、大川のほうへとつながる辻を曲がった。

道は狭くなるが、人が行き交い、活気はある。

と、加門ははっと息を呑んだ。

向かいからやって来た男と、目が合う。私塾に来ている大野だ。黒鍬者ではないか、と気にかかっていた一人だ。

大野は私塾でも時折見せる、鋭い目付きになっている。が、すぐにそれを逸らせた。

歩みを変えることなく、こちらに向かってやって来る。

間合いが詰まった。大野は横目で意次を見ている。と、その目を加門に移し、交互に何度も目を動かす。

加門は唾を飲み込んだ。やはり、この男が黒鍬組の隠密だったか……。

大野の目はまた意次に向く。

城中に仕える者で田沼意次の顔を知らぬ者はいない。間合いの詰まったところで、確かめているに違いない。

黙り込んだ加門を、ん、と意次が不思議そうに見る。

いや、と目顔で答え、加門は足を速める。

大野も大股になった。

間合いが詰まり、加門も眼を向けた。

すれ違いざまに、互いの横目が交わされた。

が、そのまま、離れて行く。

しばらく進んでから、意次が小さく振り返った。

「なんだ、知った者か」

「うむ、実はな……」

加門は、己の推測を語り出した。

「ほう」

意次はいま一度、振り返る。

道の向こうに、すでに大野の姿はなかった。

私塾でいつもの席に座ると、加門は斜め前に座る大野を見た。

大野もちらり、とこちらを振り返る。

おっと、いけない、と加門は目を逸らす。常と違う動きをすれば、戸部と水谷に不審を抱かせかねない。

こちらを見るな、と加門は大野に念を送った。

それが通じたかのように、講義の終わりまで、大野が振り向くことはなかった。

外へ出ると、加門はさて、と道を歩き出した。

帰りの道筋は、いつも変えている。平九郎らには芝《しば》のほうに住んでいる、と言ってあるため、そちらには向かうが、道はその日で変えていた。万が一、あとでも付けられれば、面倒なことになる。

海寄りの道へと、加門は歩き出した。

町もあれば、武家屋敷もある。しばらく行くと、加門は背中に気を集めた。何者かが、付いて来る気配がある。

気づかぬふうを装って、さらに海のほうへと進んで行く。

海辺には大名の下屋敷などが多い。

気配はまだ続いている。むしろ、間合いが詰まったようにも感じられた。

加門は辻を曲がった。と、そこで足を止める。

息を詰めていると、人影が目の前に現れた。

が、相手は、待ち構えていた加門に驚かない。

大野だった。

「やはり」

加門が言うと、大野は海の方角を顎で示した。

「あちらに行きましょう」と、歩き出す。

「宮内殿、いや、宮地加門様」大野はにっと笑って振り向いた。

「わたしも大野は偽りの名、お察しのこととは思いますが身分は黒鍬組隠密、野崎三《のざきさん》十郎《じゅうろう》と申します」

ほう、頷く加門に、野崎は横目を流す。

「うすうす気がつかれておいででしたね、時折、背に目を感じておりました」

「うむ、しかし、あの桑田という男、あちらではないか、とも思うていた」

ああ、と野崎は苦笑する。

「わたしも怪しんだことはありました。戸部らにも怪しまれておりますな。しかし、あれは気が小さく疑り深いだけの者、今はそう確信しています」

「そうか、長くおられる野崎殿がそう判じられたのであれば、間違いあるまい」

「いや、黒鍬者などが、公方様から御下命を受けられる御庭番にこのようなことを申し上げるなど、おこがましいとはわかっているのですが」

「なに、身分などどうでもよい」

加門の笑いを含んだ声に、野崎は面持ちを弛めた。

「はあ、さすが田沼様と並んで歩かれるお方、度量《どりょう》が広くあられる。神田の道で会ったときには、驚きました。いや、田沼様は身分にこだわらぬお方、とは聞いていましたが」

目の先に海が見えて来た。

「ああ、そのとおりだ。おき……田沼様は人を身分ではなく、才覚でご覧になる。わたしも同じ考えだ」

へえ、と野崎は海のまぶしさに細めた目で、加門を見る。

加門は笑みを浮かべた。

「そもそも、同心の守屋殿は怪しまれ、襲われたにもかかわらず、野崎殿はずっと探索を続けてこられたのだ。隠密役として、より優れている、ということにほかならない。身分など大事ではない」

「いや、わたしも最近は疑われているようです。それに……」野崎は苦笑した。

「守屋様はわかりやすかったのです。山県大弐が御公儀の批判をはじめると、守屋様はむっとした顔つきになってしまわれた。ご当人は抑えていたつもりでしょうが、勘の鋭い者ならばわかったはず。わたしもほどなく感づきました。いや、はじめは御庭番かとも思ったのですが、あまりにもわかりやすかったために、そうではない、とすぐに思い直しました」

浜辺に立って、野崎は腕を開いた。

「そうだったのか」

加門も横に並ぶ。

野崎は加門をしみじみと見た。

「実際、わたしは宮地様のことを見抜けませんでした。神田の道で田沼様とごいっしょの姿を見かけなければ、今もわからないままだったでしょう。あのあと、走ってお城に戻り、宮地様のことを聞き出したのです」

そうか、と加門は笑って、伸びた髪を撫でる。

「まあ、この頭だしな」

「いえ、それだけではなく、その気配ともいうべきものが……」

野崎は首を振った。

「しかし」加門は照れを隠しつつ、腕を組む。

「あの山県大弐は悪びれもせずに、御公儀を批判するものだ。はじめからああだったのだろうか」

「ああ、はじめはどうか……批判するようになったせいで、わたしが潜り込むことになったのですが、当初はもう少し言葉を選んでいました。藤井右門が来てから、物言いが激しくなっていったのです」

「ふむ、やはりそうか」

「ええ、ですが、四月に休んだあとは、少し調子が下がりました。小幡藩でなにかあったのでしょうか」

「ああ」加門は声を抑えた。「あちらで堂々と御政道批判、いや、もっと激しいことを言うたのだ。江戸から離れたという気安さがあったのかもしれん。それが、国家老らの耳に入って、吉田玄蕃殿が処罰されたようだ」

なるほど、と野崎が頷く。

「それで抑え気味になったのですね」

「うむ、だが、最近はまた調子が上がって来てるようだな。私塾には手が及んでこない、と踏んで気が大きくなったのだろう」

「ええ、そうですね、ただ、警戒は強めているようです、あの桑田がずいぶんと責められ、白状しろと殴られたようです」

「なんと、そうなのか」

「ええ、桑田は身に覚えがない、とそれを証すかのように出て来ていますが」

ふうむ、と加門は唇を嚙んだ。

「なれば、我らも用心しなければいかんな」

はい、と野崎は頷く。

二人は目顔を交わし、踵を返す。

互いに背を向け、浜辺を歩き出した。


呉服橋御門内、田沼邸。

加門の話を聞いた意次は、「ほう」と目を見開いた。

「その黒鍬者は優れた隠密だな」

「うむ、下手な御庭番よりも、よほど使えるかもしれん」

加門が苦笑する。が、意次は真顔になった。

「だが、門弟に警戒を申しつけるということは、山県大弐も気を引き締めているのだろう。やはり、小幡藩のことが気にかかっているのかもしれんな」

「ああ、おそらく。そういえば、織田家からはなにも言ってこないのか」

うむ、と意次は首を振った。

「少し前に、城表で織田信邦殿と顔を合わせたのだ。しかし、型どおりの挨拶をしただけで、なにもなかった」

ふうむ、と加門は顎を撫でる。

「どうするつもりなのだろうな。まあ、御公儀もまだ山県大弐を泳がせたままなのだから、あちらもようすを見ているのかもしれん」

「ううむ、小幡藩のほうから申し出てくれれば、山県大弐を捕まえることもできるのだがな」

二人は腕組みをして、顔を見合わせる。

「さてもさても」そうつぶやきながら、意次は廊下に声を放つ。

「膳を頼む」

その顔を弛めた。

「まあ、飯でも食おう。今日はそなたの好物、海老《えび》しんじょがあるぞ」

笑みにつられて、加門も「それはよいな」と頰が弛んだ。

第五章　企《たくら》み倒し

一

十月。

私塾に山県大弐の声が響く。

「城を攻めるに大事なことは、まず、守りの出城や郭《くるわ》を落とすことだ。城の弱点ともなる方向には、必ずどちらかがある。大坂城でいえば、真田丸《さなだまる》がそうであった。これは、守りのためでなく、敵の攻撃をおびき寄せる効果もある。徳川の軍勢は攻撃を仕掛けたものの、真田丸の闘いで負けを喫《きっ》した。読みが甘かったのだ……」

加門は聞きながら、胸中でつぶやく。城を攻める、か。守る、ではなくあくまでも攻めるほうに考えが向くのだな……。

大弐は城攻めの方法を挙げていく。

熱心に聞き入る者もいるが、俯いて目を閉じている者もある。傍らの平九郎と十市は、どちらも下を向き、頭が揺れている。

加門は斜め前方に座る黒鍬者の野崎の背に目を向けた。いや、ここでは大野だったな……。と、つぶやきつつ見る。

顔を上げ、熱心に聞いている。

やがて大弐の声が途切れ、講義が終わった。

皆がぞろぞろと出て行くなか、加門の耳は奥に上がった声に向けられた。

「大野殿、待たれよ」水田の声だ。

「大野殿は四谷《よつや》の生まれと言うておったな」

「ああ、そうだが」

「ほう、では大木戸《おおきど》近くの水茶屋を知っているか」

「水茶屋は何軒かある」

「そうだったか、そら、若い娘のいる……」

二人のやりとりを聞きながら、加門はゆっくりと歩く。すでに多くの者が外に出ていた。が、土間の手前で、平九郎と十市が立ち止まっていた。横目で大野と水田を見ている。

加門は懐から手拭いを取り出し、それを手から落とした。拾うために腰を曲げ、顔を水田らに向けた。

あ、と息を呑む。

大野の背後に、そっと戸部が近づいた。

水茶屋の話を続ける大野のうしろで、戸部が手を挙げた。その手には短い手槍《てやり》が握られている。

大野は大声で話し続ける水田に向いている。

戸部の手が振り下ろされた。

空を切り、槍が肩に落ちていく。

はっと、大野の顔が変わる。同時に腕が上がり、下ろされた槍を受け止めた。

三人の動きが止まった。

しまった、と大野の目が動く。

「ほほう」戸部が槍を上げながら、顔を覗き込んだ。

「大したものだ、とても四谷辺りの浪人とは思えん」

大野は憮然《ぶぜん》と二人を見た。

「どういうつもりか」

「いや」水田は肩をすくめる。

「武術に秀《ひい》でた者を確かめておこうと思うているのだ。先生がいずれ修練をするやもしれん、と仰せなのでな」

戸部が行く手を遮るように、大野の前にまわった。

ふん、と大野はそれを腕で押しのける。

「なれば、もっと優れたお人がおろう。失礼する」

歩き出す大野を、二人は見つめる。

加門も土間へと進んで、外へと出た。一足先に、平九郎と十市も出ていた。目が合うが、それぞれに歩き出す。平九郎らはいつものように永代橋への道を進みつつ、小さく振り返った。加門は西へと向かった。

出て来た大野も、いつも向かうという西へと歩き出した。

加門は辻を曲がって足を止め、ようすを窺う。

水田と戸部が現れ、やはり西へと歩き出す。先を行く大野の背が見えている。

加門は早足で北へと走り、迂回《うかい》をして西へとまわり込んだ。

付けられたときにはいっそ、人混みに入り込んだほうがよいのだが……いや、そのくらいは思いつくはず……。大野の顔を思い浮かべながら、加門は走った。

辻の手前で加門は止まる。大野の進んだ道だ。加門は顔を出し、大野の姿を探す。

と、水田と戸部に両腕をつかまれた姿があった。

しまった、捕まったか……。

三人は海のほうへと歩いて行く。

加門はそのあとに付いた。

浜辺に着いた戸部と水田は、両腕をつかんだまま、大野に詰め寄っている。

声は聞こえない。が、なにを言っているのか、想像は付いた。大野を怪しんだ二人が、身許を明かせと詰め寄っているに違いない。

大野が腕を振り払う。

と、水田と戸部が刀を抜いた。

大野も刀を抜く。その構えは鋭い。

加門は走り出した。

水田の怒声が聞こえてくる。

「やはり、浪人ではないな」

「よい、やってしまえ」

戸部が刃を振り上げると、水田が腕を伸ばした。

「殺しは面倒になる」

「わかっておる。二度と来ぬように、思い知らせてやるだけだ」

戸部の刀が宙を切った。

それを大野の刃が弾く。

「このっ」

水田が踏み出した。大野の脇腹を狙って、打ち込んでいく。

刀をまわし、それを受けたものの、大野がよろめく。

その肩を戸部の刃が狙った。

「よせっ」

加門が駆け込んだ。

「二対一とは卑怯《ひきよう》っ」

刀を抜いて、大野の横に並んだ。

「きさま……宮内加右衛門だったな」

水田が切っ先を向けた。

「ほう、そのほうも仲間だったのか」

戸部が構え直す。と、間髪《かんはつ》を入れずに、踏み出した。
「いやぁっ」
かけ声とともに、刃が加門の頭上を狙う。
宙で受け、刃が重なった。
じりじりと向き合い、間合いを詰める。
戸部の歯ぎしりが聞こえてきた。
「とうっ」
加門が刃を滑らせ、峰で手首を打った。
横では、大野と水田の刃がぶつかる音が響く。
手首を押さえた戸部が唇を嚙みながら、加門を睨《ね》めつけた。
「このっ」
身を立て直すと、大きく飛んだ。
再び刃を振り上げ、首を狙ってくる。
躱《かわ》そうとよけた加門は、あっと声を上げた。
砂に足を取られ、身体が傾いていく。
刃が近づいて来るのが、ゆっくりと見える。

倒れながら、加門は足を蹴り上げた。

戸部の下腹に入る。

刃が加門の頭に触れた。髪が切られ、飛ぶ。

が、尻餅《しりもち》をついたせいで、刃はそれた。

横に飛んだ戸部は、倒れ込んで下腹を押さえている。

立ち上がった加門は、その首筋に切っ先を当てた。

そのまま、小さく振り返る。

そこには脇腹を抱えた水田がいた。峰打ちを食わされたらしく、呻き声が洩れている。

「すまんな、あばらを折ったようだ」

大野が刀を鞘に納めながら、言葉を落とした。

「ふむ、それはよい手だ」

加門は刀を振り上げる。

と、戸部が腕を伸ばした。

「よ、よせ、やめてくれ」

その顔は引きつり、手は揺れている。すでに戦う気力は見えない。

加門も刀を戻すと、大野に頷いた。

「これでよかろう」

「ええ」

二人は砂を踏みしだく。

浜辺から道へと上がった。

と、人影が二つ、駆け寄って来た。

「ああ、無事でしたか」

平九郎と十市だ。荒い息づかいで、加門と大野の前に立つ。と、浜辺にうずくまる水田と戸部を遠目に見た。

「なにやら不穏な気配だったので、気になっていたのです。ですが、姿を見失ってしまい、探しました」

平九郎が言うと、十市が続ける。

「西のほうに行ったので、ここいらを駆けずりまわったのです。しかし、我らなど無用だったようですね」

二人を交互に見る。

大野はちらと加門を見るも、すぐに顔をそむけた。

「わたしはこれにて失礼いたす」

そう言うと、早足で町へと去って行った。

平九郎はそのうしろ姿を見送りながら、首をひねる。

「大野殿は、真に探っていたのですか」

加門は喉元で言葉を探した。どうする、本当のことを言うわけにはいくまい……。

「うむ、わたしも不穏を感じてあとを付けたのだが、大野殿はなにも言わなかった。だが、助太刀《すけだち》に入ったせいでわたしも疑われてしまったようだ。もう、私塾には行けないな」

そう話す加門の額を、十市が指でさす。

「血、血が流れています」

え、と加門は手を当てた。指に赤い血がつく。

「ああ、頭をかすったのだ」

「いや、しかし……」

うろたえる二人に加門は笑みを見せて、手拭いで血を拭った。

「わたしは医者見習いだ、大事ないことはわかる。まあ、しかし、手当てをせねばならん、これで失礼する」

「ああ、はい」

「お大事に」

声を震わせる二人に会釈をして、加門もまた、町への道を歩き出した。

二

「あ、父上」

廊下から入って来た加門を見上げて、千江が目を丸くした。

「頭《おつむ》を直したのですか」

うむ、と加門は剃った月代に手を当てる。傷口はすでに乾いているが、触れないようにして、娘に頷く。

「また、元どおりだ」

夕餉《ゆうげ》の箱膳の前に座った父を、子らが見つめる。

「そのほうがよいです」

鈴が言うと、草太郎も黙って頷いた。

加門は子らに笑みを向ける。

「はは、そうか。あれはあれで悪くなかったのだがな。いちいち剃るのは面倒なことだと、剃るのをやめてから感じ入った。浪人が剃るのをやめるのが、よくわかった」

まあ、と母の光代が眉根《まゆね》を狭《せば》めた。

「そのようなことを子の前で」その顔を孫らに向ける。

「よいですか、楽をしようと思ってはなりませんよ。楽をすることに馴れてしまうと、苦を避けること考えるようになるものです」

子らはこっくりと顔を振る。

「ええ、真に」千秋が続けた。

「父上はお役目のためになさったのです」

そう言いつつも、口元に笑いが浮かんでいる。

「なれど、少し変わったお姿も、ときには……」

そのつぶやきに、光代が「これ」と、咳払いをする。

加門の髪が伸びるにしたがって、千秋は目を細めて見上げるようになった。着替えの折にも、いそいそと手伝ってくれたのを思い出す。夫婦のあいだに、なにやら新しい風が吹き込んだようで、加門も気持ちが浮き立つような気がしたものだった。が、思い出して笑いが浮かびそうになるのをかみ殺し、うほん、と咳払いをした。

「姿を変えれば人の目も変わる」加門は草太郎を見る。「それを生かせば、お役目に役立つ。そなたにもおいおい教えよう」

「はい」草太郎は己の顔を撫でる。

「医学所でよく草むしりをするので、陽に焼けました。漁師や百姓に姿を変えれば、存外、板に付くのではないかと思うているのですが」

皆が顔を注視する。

草太郎は胸を張った。

はは、と加門は笑いを放つ。

「顔の色は確かによい、だが、その居住まいがいかん。武士は背筋を伸ばすのが常になっているが、それで怪しまれやすいのだ。姿を変えたときには、こう、背中を丸めるようにするのだぞ」

加門が背を丸めると、皆の目が集まった。

「父上、御爺様に見えます」

鈴が言うと、千江も「はい」と続ける。

「変です」

加門は笑んで背筋を伸ばす。

「背中一つで変わるものだろう。だがな、見た目に惑《まど》わされてはならんぞ」

娘二人を見つめた。

「とくに男《おのこ》を見るときには、姿で人を計ってはならん。見目がよいからと言って、人もよいとは限らんのだ。ずんぐりしていても、貧弱に見えても、心根がよい者は多い。姿など皮のようなものだからな、その奥にあるものを見るのだ」

鈴と千江は神妙に聞いているが、首が小さく傾いていく。

「まあまあ、なにを言い出すかと思えば、男のことなど」

光代が畳を叩く。

「ええ、まだ早すぎますよ」千秋も首を振って、娘らに指を立てた。

「それはいずれ、母が教えてしんぜましょう。母の目は確かですから」

「なれど」鈴が首をひねる。

「父上はずんぐりでも貧弱でもありません。若い頃には、お顔も役者のようであったと、母上は前におっしゃっていたではありませんか」

「そ、それは……」

千秋が咳でむせる。

加門も咳払いで顔をそむけ、妻に飯碗を差し出す。

「さ、飯だ」

「はい」千秋がてきぱきと飯碗の冷や飯に湯を注ぎ、続いて小鉢を出した。

「ささ、この佃煮は今日、求めたのです、穴子《あなご》ですよ」

草太郎はそれを受け取りながら顔を伏せる。笑いを隠しているのが、肩から見てとれた。と、その顔を上げて、妹二人を見た。

「安心しろ、よい男の見分け方はこの兄が教えてやろう」

「はい」

姉妹が声を揃える。

「ま、それがよいでしょう」光代が頷く。

「男と女では目が違いますからね。男が女を見る目は騙《だま》されやすく、女が男を見る目も惑わされやすいもの。鈴も千江も、まずは兄上をよく見て、男の奥を見抜く目を養いなされ」

「いや、お婆様、そういうことでは……」

顔を振る草太郎に、千秋がぴしゃりと言う。

「いえ、それでよい。そなたがよい男の手本となればよいのです」

その目が加門に向いて、「ね」と促す。

「あ、ああ、そういうことだ」

加門は草太郎に向けて片目を細め、そっと笑った。


江戸城中奥。

朝、田沼意次の部屋で、加門は近づいてくる足音に耳を澄ませていた。

勝手に入ることを許されているが、中で待つときには襖を一寸、開けておくようになっていた。

足音が止まり、その隙間に手がかかった。

「加門か」

襖を開けた意次が、声とともに入って来る。

「うむ、勝手に待っていた」

そう微笑む加門の月代を、意次は「ほう」と覗き込む。

「元に戻したのか」

「うむ、ちと事があってな……」

向き合った加門は、私塾での出来事を説明した。

ふうむ、と意次が腕を組む。

「では、黒鍬者もそなたも、もう探索は終《しま》いなのだな」

「ああ、わたしだけでも残るべきであったと、あとから思い、悔いたのだが……失策であった」

「いや、黒鍬者が身許を白状すれば、御公儀への叛意がより強まるはず。うやむやにできたのはよかった。それに、黒鍬者も同じ幕臣、危険を見過ごすのはそなたの気概が許さんだろう」

意次の穏やかな口調に、加門は苦笑する。

「そう言ってもらえると、気が楽になる」

「十分だ。それに、門弟につなぎもできたのだろう」

「うむ、四人と親しくなったゆえ、これからもようすを聞き出すことはできる」

「なれば、支障はなかろう。城中でも、そろそろ動こうという機運は出て来ているのだ。織田家からは一向に報告がないのでな」

そうか、と加門は小幡藩上屋敷の情景を思い起こした。

参勤交代に吉田玄蕃の姿はなく、随伴していた家老は拓源四郎だった。おそらく、今後は拓が江戸家老として、上屋敷に常駐するのだろう。

「吉田玄蕃はどうなったのか……」

つぶやきながら、小幡藩の山河を思い出す。

「他の家老らと対立していたのであれば、力は削がれているだろうな。まさか、命までとられてはおるまいが」

意次の言葉に、加門は眉を寄せる。

「ううむ、ちと、探ってみようかと思うが、どうであろう」

「おう」意次は膝をぴしゃりと叩く。

「頼む。おおまかなようすだけでもよい、あまり深く探ると警戒されてしまうからな。警戒のあまり、隠されても厄介だ」

うむ、と加門は立ち上がった。

「どうした、急ぐのか」

見上げる意次に、加門は目顔で廊下を示す。

「いや、誰か来る。御側御用取次様に御用だろう」

足音が近づいて来る。

それが止まると、

「主殿頭様」

と、呼びかける声が上がった。

「勘定所からお目通りの願いが」

「うむ、今、行く」

意次は立ち上がると、苦笑しながら加門を見た。

「さすがだな」

ふ、と笑って、加門は出て行く意次の背中を見送った。

三

十一月上旬。

深川の飯屋で、加門は戸を見つめていた。

腰板の障子に二人の影が映る。

来た、と加門は手にしていた汁椀を置いた。

戸を開けて入って来たのは、岩城平九郎と青池十市だ。

「おっ」と声を上げて、二人は加門のいる小上がりに近づいて来る。

「来ておられたのですか」

「お久しぶりです」

二人は上がり込んで、向かいに座る。

十日ほど前にも、やはり加門がここで待ち、会っていた。

十市は腰を上げて、加門の月代を覗き込む。

「ああ、傷はすっかりよくなりましたね」

「うむ」加門は頭に手を置く。

「もう直った。ついでに、総髪もやめた」

そうですか、と二人は微笑みながら、飯を注文する。

加門はその顔を交互に見た。

「して、私塾は変わりないか」

「ええ」十市が頷く。

「大野殿はあれきり姿を見せませんし、水田と戸部も最近ではおとなしくしています。お二人に打ち据えられたのが効いたのでしょう」

「うむ、腕に思い上がりがあったようだし、いい薬になったようです」

平九郎が笑う。が、その面持ちが曇った。

加門は首を伸ばして小声になる。

「なにか、あったか」

はあ、と平九郎は声をひそめる。

「最近はますます、講義の内容が、その……」

言いよどむ平九郎に、十市が続ける。

「城攻めの話が増えまして……」

が、やはり言葉を詰まらせた。

横目を交わす二人に、加門も抑えた声を出した。

「あのお人は軍事や兵法がことのほか好きなようだ。以前は、山県軍事《ぐんじ》と名乗ってい
たと聞いたことがある」

えっ、と二人が加門を見て声を揃えた。

「そうなのですか」

「うむ、間違いない。それを、大弐に変えたそうだ」

二人はまた顔を見合わせる。

それぞれの前に、運ばれてきた飯や味噌汁の椀などが並べられた。

平九郎は上目になる。

「いかにも、と腑に落ちました。山県大弐は戦の話をするときに、ひときわ声が高く
なり、熱が入りますから」

「ふむ、そうだったな」

加門は頷きながら、おや、と思う。以前は先生と呼んでいたのに、呼び捨てするようになったのか……。

「太陽《たいよう》の者は戦を好み、大きな敵と戦いたがる」

加門のつぶやきに、二人は手にしていた箸を止めた。

「なんですか、それは」

「ああ、古い時代、今から二千年も前の漢《かん》の医学書に書かれていることだ。ものにはすべて陰陽があり、五つに分けられる。それは人の質にも当てはまってな、陰の気が強い太陰《たいいん》、やや強い少陰《しょういん》、陽の気が強い太陽、やや強い少陽《しょうよう》、そしてほどよい中庸《ちゅうよう》と分けられるのだ。少陰の人は他人の不幸を喜び、人を助ける気持ちを持たない、太陰の人は本心を見せず、穏やかに見えて陰険、じつは貪欲である」

ああ、と平九郎が頷く。

「いますね、そういう人」

「おう、いるいる」

十市も身を乗り出す。

加門はふっと笑みを浮かべて、また口を開いた。

「少陽の人は偉そうに振る舞うことを好み、なにかにつけてもったいをつける」

「ああ、それもいます、何人もいる」

十市が指を折る。

加門は頷いた。

「そして太陽の人は話が大きく、悪いことは相手のせいにして己を顧《かえり》みない。敵を倒して王になりたがる者だ」

ああ、と二人は頷き合った。

「まさしく山県大弐ですね」

十市が言うと、平九郎は顔を歪めた。

「では、戦をしたがり、御政道批判をするのは、そういう質だから、ということですか。深い考えによるものではなく」

加門も口元を歪めた。

「人となりを作るのは、生まれ育ち、教え、見聞きしたことなどいろいろだ。そのなかに、生まれ持った質もある、とわたしは思う。まあ、わたしは皆よりも少し長く生きているからな、これまで多くの人を見てきて、そう感じたのだ。もっとも、その質はある程度、変えることもできるとされている。『黄帝内経《こうていだいけい》』というその医学書には、中庸に近づけるための教えも記されている」

「ほう、変えられるのですか」

十市の問いに、加門は苦笑を浮かべる。

「だが、生まれ持った質は、そう簡単には変わらない。そもそも、人が変えようという気持ちを持たないからだ。多くの者は、己のあり方をよしとしているからな」

ああ、と平九郎は肩を落とした。

「わかります。なんにつけても己が悪いなどとは思わない、相手が悪いと思うのが常です」

「ふむ、そうさな」

十市も宙を見る。が、その目を加門に戻すと、腰を浮かせた。

「あ、では、山県大弐の説くことも、大義でも正義でもなく、ただその質のままに言うている、と言うことですか」

「そういうところもあるだろうな。山県大弐は声や振る舞いの大きさ、己の考えになんの疑いも持たぬさまなど、明らかに太陽の人だ」

「ああ、それでか」十市が腰を落とす。

「いや、得心しました。あまりにも言うことがでかすぎて……」

十市はちらりと隣の平九郎を見る。頷き合うと、加門に向き直った。

「あの、ここではお話しできかねることもあるのです。今度の二十八日、いつも集まるあの不動堂に来ていただけませんか」

ほう、と加門は頷いた。

「よし、行こう」

「ああ、よかった、そこでいろいろと話せます」

「うむ、お訊きしたいこともあるのです」

二人はやっと箸を手に取った。


数日後。

加門は風呂敷包みの荷を背負って、内濠に沿った坂を上がった。田安御門から出て来る武士も多いが、町人姿の加門には目もくれない。

坂を登り切って、加門は長い塀の裏へとまわる。小幡藩上屋敷だ。

裏門に出ると、加門はそこに立った。そのうちに、誰か出て来るはずだ。

しばらくすると、戸が開き、二人の藩士が現れた。

加門に目を向けた一人が、「なんだ」と問う。会釈をして、加門はにこやかに近づいて行った。

「筆墨《ひつぼく》売りでして。あのう、御家老の吉田玄蕃様にお目通りをしたいのですが」

相手の顔が強張る。

もう一人の藩士が背後から首を伸ばして、加門を追い払うように手を振った。

「吉田様はここにはおらん」

おや、と加門は首をひねる。

「それはまた……いえ、吉田様はあたしどもの筆を大層お気に召されて、また、年内に来るように、と言われていたのです」

む、と前に立つ藩士が口を曲げる。

「だが、いないものはいないのだ」

「はあ、さようで。では、お国許におられるのですね」

加門の言葉に藩士は、ちっと舌を打った。それは聞こえぬふりをして、加門は独り言のようにつぶやく。

「ならば、そちらをお訪ねしてみよう。ちょうど高崎に行く用もあることだし」

ああ、と背後の藩士が眉を寄せる。

「あちらでも会うことはできん。行かんでよい」

「おや、それはまたどういう……」

首をかしげる加門に、前の藩士はまた舌打ちをして、うしろの藩士を肘で突いた。

突かれた藩士は、進み出て咳を払う。

「それはだな、吉田様は、病、そう病に倒れられたのだ」

「おう、そうよ」もう一人が頷く。

「病で養生されているのだ、だから、行っても会うことはできん。筆もいらんはずだ、あきらめろ」

「はあ、さいで」

加門は肩を落とすと、ぺこりと頭を下げた。

「そいじゃ、失礼します」と、顔を上げて、一歩、進み出た。

「御武家様方は筆はいりませんか」

「ああ、いらん」

二人が手を振る。手を振りながら、歩き出した。

加門はそれを見送って、来た道を戻りはじめる。

どうやら生きてはいそうだな、だが、厄介事になっているのは明らかだ……。加門は考えつつ、濠の向こうの城を見る。

意次に知らせよう……。

四

十一月二十八日。

不動堂に行くと、すでに四人が待っていた。

「待たせたか、すまん」

そういう加門に、皆が首を振る。

「いえ、こちらこそ、わざわざお越しいただき」

「ええ、恐縮です」

「さ、こちらへ」

車座は一人分が空けられていた。加門はそこに落ち着くと、改めて皆を見た。これまでになく、神妙な面持ちをしている。

「実は」平九郎が口火を切った。

「山県大弐が城攻めの話をするようになっていたのですが、その城が江戸城になったのです」

「えっ、なんと」

加門は大げさに驚いてみせる。が、やはり、と腹の底に思いを呑み込んだ。

「甲府には武器がたくさんある、と言うのです」

十市が言うと、川谷が頷く。

「ええ、まず甲府の城を落として武器を手に入れれば、俄然《がぜん》、有利になると」

「甲府はよく知っているから、陥落《かんらく》させるのは容易だ、とも言っていました」

高岡が拳を握った。

「軍事や兵法が好きなお人と、と思っていましたが、まさか江戸城を攻めると言い出すとは……これでは明らかな謀反」

そう言う平九郎の隣で、十市が眉を吊り上げる。

「前々から、御政道を徳川から取り上げて朝廷に返すのが筋、と言ってはいましたが、それを戦によって実行しようなどと……」

ふうむ、と加門は腕を組む。

「そういう考えであることはわかっていたが、よもや、な」

ええ、と川谷が身を乗り出す。

「藤井右門などますます勢いづいて、天皇の御代《みよ》に戻す、などと声高に言うているのです」

「御公儀に叛旗を揚げるということか、なんと、恐れ知らずな」

眉を寄せる加門を見て、四人は目顔を交わし合う。

「ですから」平九郎が声をひそめた。

「御公儀にこのこと、訴え出ようと話し合っているのです」

「ええ、このまま見過ごしておれば、本当に兵を挙げかねません」

高岡が言うと、十市も声を荒らげた。

「山県大弐はもはや天下を乱す大罪人、お上にお知らせせねば、と」

ほう、と加門は目を見開いた。そこまで考えていたのか……。

「しかし、知らせるとはどのようにして」

「はい、それで、宮内殿にお尋ねしたかったのです。お役人に知り合いがいると仰せでしたし、我らよりも御公儀についてはおくわしいかと」

「ええ」十市が身を乗り出す。

「訴状を作って、直訴をしようと思っています。二人ずつに分かれ、お二方に訴えれば、確実かと。ただ、どなたに訴えればよいか、そこを……」

「そう」と川谷があとを受ける。

「老中は四人おられましょう、だが、我らはお人柄などわかりませんし」

ふむ、と加門は四人を順に見る。

「老中ならば、やはり老中首座の松平武元様がよいだろうな。公方様のご信頼も篤《あつ》く、的確な御裁可《ごさいか》を下されると聞いている。いま一人は、北町奉行の依田和泉守《よだいずみのかみ》政次《まさつぐ》様がよかろう。手腕も高く、上からも下からも評判がよいそうだ」

「ほう」

四人の声が揃った。

「よし、なれば、そのお二人にしよう」

平九郎に十市も頷く。

「うむ、やはり訊いてよかった」

四人は顔を寄せ合う。

「御老中は登城のさいだな」

「うむ、御奉行様はどうする」

「町奉行所への駆け込み訴えは禁じられたしな」

「では、役宅に持参するというのはどうだ」

真剣な声音に加門は聞き入る。

その声が途切れた間に、加門は口を開いた。

「して、いつ、実行するのだ」

「いや、それはまだ」

首を振る平九郎に、加門は身を乗り出す。

「わたしも加勢しようか」

いえ、と川谷が手を振る。

「とんでもない、直訴は御法度《ごはっと》、宮内殿を巻き込むことはできません。この場のことも、知らぬこととしてください」

「そうです」高岡が頷く。

「我ら浪人は罰を受けることとなっても、なんの障りもありませんが、宮内殿は医者になるという先のある身、それに家族もおありでしたよね、これ以上、関わってはなりません」

「む、だが、皆にもそれぞれ、培《つちか》ってきたものがあろう。十市殿は植木があるであろうし、平九郎殿とて、寺子屋の子らがいるではないか。それに……」

加門は川谷と高岡を見た。

「わたしも寺子屋で教えています」

川谷に続いて、高岡が答える。

「わたしは筆作りをしています」

「ほう、筆とは……なれば、卸先《おろしさき》があるだろうに。直訴をすれば、それまでの暮らしを捨てることになるかもしれんぞ」

加門の言葉に、四人は顔を上げた。

「それゆえ、はじめはためらいもありました」

十市が言うと、川谷も頷く。

「なにも我らがやらずとも、という話にもなったのです。ですが、山県大弐の話はますます激《げき》していくばかり、そこに藤井右門も乗じて、世をひっくり返すなどと言い出すありさまで……」

「ええ」平九郎が眉を寄せる。

「ですから、よく知る我らが動くしかない、と心を決めたのです」

「我らはもとより、御公儀に対してはなんら含むところはありませんでしたし、むしろ仕官を望んでいたほどです。私塾に行ったのはただ、気易《きやす》く学べると思ったただけですから」

高岡が皆を見ると、三人も首を振った。

ふうむ、と加門は乗り出していた身を引いた。

「確かに、内より訴え出れば、疑いようもない。お役人もすぐさま動くだろう」

はい、と四人は顔を見合わせる。

忠義なものだ、と加門は腹の底でつぶやく。もしかしたら、そこいらの役人よりもよほど忠義かもしれん……。

「だが」と、十市が目元を弛めて天井を見上げた。

「もしかすると、罰ではなく、褒美《ほうび》をいただけるかもしれんぞ」

なにを、と平九郎が失笑する。

「いや」川谷が口元を弛める。

「ありえなくはない、大罪人を訴えるのだ。よくやったと、ひょっとして仕官の口がくるかもしれん」

「ううむ」と高岡が口を曲げる。

「そのような甘いことは期待するな。そもそも、我らとて、ずっと山県大弐の門弟だったのだ。お咎めを受けても文句は言えん」

「いや、だが、幕臣は無理でもどこかの家臣に……」

十市は弛んだ目元のまま、首を右へ左へとひねる。

「褒美など当てにするな。我らは大義を実践するのだ」

高岡がぴしゃりと言う。

「うむ、公方様への忠義だ」

平九郎はそう言うと、加門に向かって姿勢を正した。

「お越しいただき、かたじけのうございました」

「あの」高岡も身を正す。

「このこと、なにとぞご内密に」

「ああ、わかっている。世のためになることだ」

加門は頷きながら、腹で詫びた。すまんな……。


江戸城中奥。

意次は加門の話に目を見開いた。

「なんと、訴え出るというのか」

「うむ、わたしも驚いた。その四人、御公儀への忠義が篤いのだ」

ふうむ、と意次は顎を撫でる。

「しかし、それは好都合だな。堂々と山県大弐を捕らえることができる」

「ああ、だから、わたしも反対はしなかった。いや、むしろ、松平様と依田様の名を挙げて勧めた」

「うむ、その御両名なら間違いない。そうか、いよいよ動くか」

上を見上げる意次に、加門は問う。

「老中方に知らせるのか」

「いや……そうだな、松平様にはお報せしておく。そのほうが訴状を受け取るにも間違いが起きないだろう。うむ、御奉行にも伝えておこう。訴状を渡す前に捕まっては元も子もない。して、いつ頃、やるつもりなのだろう」

「わからん、が、年内には動くだろう、まだ訴状は作っていないようだから、来月の中旬頃か」

「ふむ、山県大弐を捕らえれば、織田家のほうも詮議ができる。滞っていたものが、一気に流れ出すな」

ふっと意次が息を吐く。

うまくいってくれよ……。加門は四人の顔を思い浮かべていた。

五

十二月の初旬から、加門は毎朝、松平武元の屋敷近くに出向いていた。まだ、直訴はされていない。すでに月半ばになっている。

西の丸下にある屋敷から、内桜田御門《うちさくらだごもん》まではさほどの距離ではない。

加門は町と城を隔《へだ》てる桜田御門のほうを見る。

松平様に御用、と言えば、怪しい風体《ふうてい》でない限り通れるはず……あの四人のうちの二人なら大丈夫だろう……。

加門は松平家から内桜田御門への道を遠目に見ながら、ゆっくりと道を行き来していた。

松平武元が出て来て、内桜田御門へ入って行けば、それでその日の仕事は終わる。

ずっと、それが続いていた。

加門は、はっと足を止めた。

桜田御門のほうから、二人の男が小走りでやって来る。

加門は松平家の表門を見る。その門は先ほど開いたところだった。

駆けて来たのは、平九郎と十市だ。

あらかじめ切絵図で確かめていたのだろう、二人は松平家の屋敷の前で止まった。

加門は道の端に身を寄せ、顔だけをそちらに向ける。

屋敷の門から行列が出て来た。

続いて乗物が出て来る。松平家の家紋が光った。

乗っているのは松平武元に違いない。

平九郎が走り出し、十市もそれに続く。

「御老中様」

乗物の横に膝をつく。

「首座様、訴えがあります」

二人のようすに、供の者らは目顔で頷き合い、行列を止める。

乗物がそっと下ろされ、窓が開いた。

その窓に、低頭した平九郎が両手を差し出す。

「御老中様、謀反……謀反の動きがあるのです、この訴状を」

手にした書状を掲げる。

「仔細《しさい》は訴状に記してあります」

十市も横で頭を下げた。

加門は息を詰めて見る。窓から手が伸び、訴状を受け取るのが見えた。

「ははっ」

平九郎と十市が平伏する。

乗物が地面から離れた。

二人は顔を上げる。が、その腕が両脇から引っ張られた。

「直訴は御法度、そなたらも詮議する、参れ」

供の者らが、二人を引き立てる。

訴状を出せば、訴え出た者も詮議を受ける。牢屋敷に送られ、身柄が押さえられるのが常だ。

二人は胸を張って立ち上がった。

腕をつかまれ、歩き出す。とりあえずは、間近にある評定所に連れて行くようだ。

やったか……。加門はつぶやき、それを見送った。

おそらく、依田様のほうもうまく運んだだろう……さて、意次に報告せねば……。

加門は城を見上げながら、その場を離れた。

十二月下旬。

朝、加門は町人姿で、八丁堀長沢町に向かった。

〈明後日、町奉行所の役人が山県大弐らを捕らえるため、私塾に行くぞ〉

そう意次から聞かされていた。

私塾の見える路地から、加門はじっとようすを窺う。

門弟達はいつものように、集まって来る。

そうか、と加門は独りごちた。皆が集まってから、一網打尽《いちもうだじん》にするつもりだな……。

別の路地から、役人らしい男が一人、やはりようすを窺っている。

人の出入りが終わり、私塾は静かになった。

見張っていた男は路地から出て、駆けて行く。

すぐに大勢の足音が、鳴り響いた。

十手《と》や捕り縄《なわ》を手にした大勢の役人が駆けて来る。

たちまちに家の前を取り囲んだ。

陣笠《じんがさ》を被った与力《よりき》が手を振り上げる。

「行けっ」

戸が開けられ、役人らがなだれ込んでいく。

「御用であるっ」

「神妙にいたせっ」

役人の声に続いて、怒声が上がり、物音が鳴り響いた。

家から裸足《はだし》で走り出て来る男らもいる。

「待てぃ」

追われて捕まる男がいる。そのまま逃げ切る男もいる。

加門は「あっ」と声を出した。

水田と戸部が、飛び出して来たからだ。

戸部は袖をつかまれる。が、その役人を殴り、振り払って走り出す。

水田も走る。が、投げられた縄に捕まった。転がった水田の上に、たちまちに役人が馬乗りになった。

戸部はそれを振り向くが、そのまま走って行く。

家の中から、つぎつぎに縄をかけられた男らが連れ出される。

遠巻きに、野次馬が集まっていた。

「なんだい」

「そら、あれさ、御政道批判をしてたってえやつさ」

「ああ、いつかこうなると思ってたぜ」

「怖いもの知らずってやつか」

「ばっかだねえ」

町人らは笑いながら、肩をすくめる。

加門の目が戸口に釘付けになった。

出て来たのは、後ろ手に縄をかけられた山県大弐だ。続いて、藤井右門も同じ姿で現れた。

「引ったてい」

与力の声で、役人達が動き出す。

縄で引っ張られ、棒で突かれ、男達が歩かされる。

牢屋敷のほうへと、一群はぞろぞろと移動して行った。

六

年明けて明和四年（一七六七）。

正月の慌ただしさが去り、二月。

織田家が詮議を受けることとなった。

「織田家の家老拓源四郎を呼び出して、いろいろと吟味をはじめている」

意次が廊下で加門を呼びとめ、こっそりと言った。

「ほう、あのお方が最初に動いたのだから、聞き出すのはちょうどよいだろう」

「うむ、だが口が固く、ほとんど話そうとしないらしい。大目付が配下を小幡藩に送り、あちらでも調べを行うそうだ」

そうか、と加門は甘楽の地の、山間《やまあい》らしからぬ立派な陣屋や武家屋敷を思い出していた。

「また、教える。そのうちに屋敷に来い」

意次は忙しそうに、去って行った。

三月。

屋敷を訪れた加門を意次は膳を用意して待っていた。

「今日はゆっくりしていけ、でかいあさりの酒蒸《さかむ》しが出て来るぞ」

「ほう、それはよいな」

向かい合って座ると、意次は笑みを消した。

「かの小幡藩だがな、大目付の報告によると、吉田玄蕃は屋敷を取り上げられ、陣屋で蟄居《ちっきょ》しているそうだ」

「蟄居か。対立していた家老らが、すぐに動いたのだろうな」

「そうらしい。もともと抱えていた内紛が、そこで明らかになったということだな。吉田玄蕃は藩主の織田信邦殿にも自らの考えを吹き込んでいたらしい。それを、他の家老らはよしとしなかった、ということだ」

「ふむ、それはそうだろう、吉田家の神道や国学は極端すぎる。ましてや、謀反を考えるなど、下手をすれば改易だ」

「ああ、それゆえ、藩としては、ひた隠しにしたかったらしい。ひそかに吉田玄蕃を処罰し、なかったこととしたのだろう。家老の拓源四郎は、あくまで口を割らぬゆえ、牢屋敷に入れたそうだ」

「牢屋敷か、頑《かたく》なに秘していれば、拷問を受けかねないな」

「うむ……まあ、呑《や》ろう」

意次は銚子《ちょうし》を取り上げる。

互いに手酌で酒を注ぎ、口をつけた。

「吉田玄蕃の処罰は、藩主も承知したのだろうな」

加門の問いに、意次が頷く。

「ああ、まだ若いゆえ、家老らの意見に従った、というのが真相だろう。聞くところによると、父上の織田信栄殿も、なにかと藩政に口を挟んでいたそうだ」

「そうなのか。ああ、だから、拓源四郎は信栄殿の屋敷へと行ったのだな」

「うむ、信栄殿もこの先、詮議を受けることになろう」

意次は小鉢を手に取ると、青菜のおひたしをつまんだ。

「おっ、そういえば」顔を上げる。

「先日、田安様が見えたぞ」

「宗武《むねたけ》様か」

八代将軍吉宗《よしむね》の次男であり、御三卿《ごさんきょう》の一家《いっけ》田安家の当主だ。兄の家重が将軍を継ぐことに異を唱え、自分こそがふさわしいと主張したため、家重に疎《うと》まれ、吉宗からも叱責《しっせき》を受けた過去がある。

加門は家重を誹謗《ひぼう》していた宗武の顔を思い出した。

「もう、五十を過ぎて……そう、今年は五十三歳におなりだろう」

「ああ、そうだ。以前に比べればだいぶ勢いは失われたようだが、上様にお目通りを、と中奥に乗り込んでこられた。山県大弐らのことを聞き及んで、じっとしていられなかったごようすだ。上様に、厳しく当たられよ、と仰せになっていた」

「ほう、徳川に刃を向けるなど、さぞかし腹が立ったのだろうな」

言いながら、加門は宗武の強い眼を思い出した。己が将軍に就いていれば、という思いが、まだ捨て切れていないのかもしれない……人の思いは断ちがたい、というのは真だな……。加門は、以前、耳にしたことまでも思い出した。

「そういえば、田安様はご子息三人には厳しく接しているそうだな。武術も学問も、容赦のない厳しさで仕込んでいる、と聞いたことがある」

「うむ、そうらしい。特に、竹千代様がお生まれになる前は、その厳しさは気の毒なくらいであったと、わたしも漏れ聞いたことがある」

「なるほど、いずれ、将軍になるやもしれぬ、と考えてのことか。残念だったな」

加門は得心する。御三卿は将軍に世継ぎがいなかった場合、養子として男子を送るための家だ。今の将軍家治には、姫だけで男子がいないままだった。ために、御三卿のどの家から将軍が出るか、と城中でひそかに話されていたこともある。

宗武の弟である宗尹《むねただ》は一橋家《ひとつばしけ》の当主であったが、四十四歳で世を去った。が、あとを継いだ治済《はるさだ》は聡明との評判が高い。

もう一家の清水家《しみずけ》は、家治の弟重好《しげよし》が当主だ。が、身体が弱く、男子はいない。男子が三人もいる田安家は、将軍の跡継ぎを輩出する家としては有望だ。

さぞ、期待したであろうな、と加門は宗武の顔を思い浮かべる。あれほど将軍職への思いが強かったのだ、それを子に託したとしても不思議はない……。

しかし、家治に男子が生まれた。

期待が潰《つい》えて、さぞかし、口惜しかったであろうな……。加門は酒を含み、喉に流し込んだ。温かな酒が喉を刺激する。と、「いや」と顔を上げた。

「上様の男児は竹千代様お一人。この先、万が一のことがあれば……」

「なんだ、いきなり」

目を見開く意次に、加門は声を抑えた。

「ああ、いや……田安様は簡単にあきらめるようなお方ではない、と思うてな。ご子息への教育、手を緩めてはいないのではないか」

む、と意次も口を曲げる。

「それは確かに。そうさな、そのことはすっかり頭から消えていたが、安心しきってはいけないかもしれん」

うむ、と加門も目顔で頷く。

「殿」

廊下から小姓の声が上がった。

「あさりをお持ちいたしました」

「うむ、入れ」

障子が開き、鉢を掲げた小姓が入ってくる。湯気とともに、潮の匂いが広がった。

「とりえず、食おう」

意次の声に加門も「おう」と頬を弛めた。

七

五月。

中奥の部屋で、意次がささやいた。

「織田信栄殿が事を語ったそうだ。小幡藩の織田家では吉田玄蕃の蟄居を決め、一件は御公儀に報告しない、と早くに決めたそうだ。藩主の信邦殿もそれに同意した。で、それでよいか、と信栄殿の許しをもらいに行ったそうだ」

「そうだったか」

「うむ、で、それでよい、と許したらしい」

むう、と加門は口を曲げる。

「それでは、ことを隠した小幡藩と同罪ではないか」

「ああ、おそらく信栄殿もお咎めを受けることになろう」

意次は首を振る。

「で、山県大弐のほうはどうなっているのだ」

「うむ、それがな、江戸城を攻め落とすなどとは言っておらん、としらを切っているらしい。あくまで軍事と兵法を教えていただけ、その例えに使ったかもしれんと、どうにも曖昧《あいまい》なことを言うているらしい」

「ほう、適当に躱す作戦か」

「だが、牢の中から妻に離縁状を出したということだ。覚悟はしているのだろう」

「ううむ、訴え出た者らがいるのだから、とぼけ続けることなどできまいに」

「ああ、だが、藤井右門という者は、知らぬ存ぜぬとしらを切り続けているらしい。京にいたことも竹内式部の弟子であったことも、認めようとしないそうだ」

「そうか。処罰が重くなることを怖れているのだろう。まだ、詮議は続きそうか」

「ふむ、当面は続くであろうな。沙汰が出るのは八月くらいになるかもしれん」

八月か、と加門は窓へ目を向けた。

暑さのなか、牢屋敷の四人は大丈夫だろうか、と、顔が浮かんだ。

七月一日。

田沼意次に昇格のお触れが出された。

御側御用取次から御側御用人への格上げだ。それに伴い、官位が従四位下《じゅしいのげ》に上がり、

五千石が加増された。

都合二万石ではあったが、四位に上がったこともあり、特別に築城の命《めい》が下された。

国の相良《さがら》にある陣屋を城へと作り替えよ、という命《めい》だ。

城中にその話が広まり、皆が意次に祝いを述べる。

加門は物陰から、その姿に目を細める。

大したものだ、祝いに鯛《たい》でも持って行くか……。そう考えたものの、加門はいや、と吹き出した。方々《ほうぼう》からでかい鯛が贈られるに決まっている。わたしが小さな鯛を持って行ったら、帰りにでかい鯛を土産《みやげ》に持たされることだろう……。

加門は笑いを含みながら、意次の姿を眺め続けた。

八月下旬。

部屋に呼び出された加門は、意次の前に滑り込んだ。

「沙汰が下されたのか」

「うむ、山県大弐の件も織田家も、両方、決まった。山県大弐は死罪だ。甲府城の武器のことを話し、伝馬騒動を持ち出して兵乱を煽《あお》ったなど、いろいろの不敬が不届きとされた」

「不敬、か」

「うむ、それと、藤井右門は獄門だ。京から逃げ、名を変えて隠れたこと、山県大弐に加担し、兵乱を説いたことなどが問われた」

「獄門……」

唾を呑む加門に、意次は眉間を狭める。

「だがな、藤井右門はすでに牢死したそうだ」

「え、そうなのか」

「ああ、おまけに小幡藩家老の拓源四郎も、牢内で亡くなったそうだ」

「なんと」加門は拓とその奥方の顔を思い出す。

「それは不憫《ふびん》な」

「うむ。それにな、小幡藩は一件を報告せずに内密に処理せしこと不届きとされ、領地召し上げの上、信邦殿は隠居のうえ蟄居。国は出羽《でわ》の国へ転封となって、弟の信浮《のぶちか》殿が二万石のままあとを継ぐことが許された」

「そうか、あとが続くだけでもましだな」

「吉田玄蕃やほかの家老は重追放だ」

「まあ、それはしかたあるまい。して、父の織田信栄殿は」

「ああ、高家取り消しの上、隠居、蟄居を命じられた」

そうか、とつぶやく加門に、意次は面持ちを歪めた。

「でな、竹内式部も遠島に処された。追放の身でありながら、密かに京に入ったことへのお咎めだ」

「む……まあ、それは口実だな。この際、悪い芽は摘んでしまおうというのだろう」

「そういうことだな」意次はひと息吐いて、腕を組んだ。

「いや、実はな、遠島は竹内式部だけではないのだ。訴え出た四人の浪人も遠島となったのだ」

なっ、と加門は腰を浮かせた。

「なにゆえ、そこまで……。直訴が罪とはいえ、遠島は重すぎるであろう」

うむ、と意次も眉を寄せる。

「わたしもそう思う。が、その罪状を問うたら、ことを大きくして訴え出た罪だというのだ」

「大きく……いや、本当のことを伝えたまでではないか」

「ああ、わたしもそなたから聞いて、それはわかっている。だが、御公儀の意図もわかる。謀反の企てがあったことを公にしたくないのだ。ゆえに、山県大弐と藤井右門の罪状には、謀反の企み、というのは明示されていない。それに、門弟の多くも無罪放免だ」

「なんと……」

手を握りしめる加門に、意次は顔を伏せる。

「御公儀としては、徳川家を滅ぼして朝廷を担ぎ上げる、などという考えそのものを、消し去りたいのだ」

むう、と加門は唸る。

「そうか、謀反の企みがあったというだけでも、御威信に傷が付く。それにそんな動きがあったことが知られれば、のちのちそれに追随《ついずい》する者が現れるかもしれん。そういう懸念だな」

「そういうことだ」意次は息を吐く。

「いや、四人に関してはわたしも心苦しい。謀反を訴え出た勇気、できれば家臣として召し抱えたいくらいだ」

ああ、と加門は目を伏せる。

仕官が叶うかも、と語っていた明るい顔が浮かび、瞼が持ち上がらない。

そうか……。加門は声にならないつぶやきを繰り返す。

「すまぬことだが」

ぼそりと言う意次に、加門は首を振る。

「いや、そなたのせいではない」

二人は窓から吹き込んでくる風に、顔を向けた。

「ともかく、終わったのだな」

加門は立ち上がった。

意次の部屋を出て、加門はそのまま庭へと下りた。

空を見上げて、四人の顔を思い起こす。目を細めると、いや、と独りごちた。

できることをしよう……。

小伝馬町の牢屋敷に、加門は風呂敷包みを抱えて行った。

遠島が決まった罪人は、船が出るまで遠島部屋に入れられる。船が出るのは春、夏、秋だ。おそらくまもなく出るだろう。

　牢屋敷の表門では役人が受け付けをし、人が並んでいる。

「よし、次」と荒い声が響く。

　順番が来て、加門はその前に立った。

「届け物だ。遠島部屋の岩城、青池、川谷、高岡のそれぞれに、ひと箱ずつ渡してほしい」

「ふむ」役人は加門の身なりを見て、声音を変えた。

「中はなんでしょう」

「薬だ」

「はい、では預かります」

　役人は書き留めながら、上目で加門を見る。

　加門はその目をまっすぐに見返した。

「大事な物だ、頼みますぞ」

　頷く役人に背を向けて、加門は塀沿いを歩いた。

　名を呼びたい気持ちを抑えながら、加門は高い塀を見上げた。

九月。

流人船《るにんせん》が出るということを聞きつけて、加門は大川の河口に立った。

傍らに駆けつけて来た意次も並ぶ。加門はその横顔を見た。

「まさか、そなたも来るとはな」

「いや、流人船は見たことがないのでな、よい機だ。処罰を命じる側にいながら、その実を知らぬというのは無責任だ、と前々から思うていたのだ」

沖合にはすでに船が止まっている。外洋を行く流人船は大型のため、陸にはあまり近づけない。罪人を乗せた小型の流人船は、大川の万年橋《まんねんばし》か、海辺の霊巌島《れいがんじま》から出て、大型の船へと運ぶ。今日の流人船は霊巌島から出ることになっていた。

あっ、と加門は指を挙げた。

霊巌島から小舟が漕《こ》ぎ出された。

小さな幟が立てられ、平仮名で〈るにんせん〉と記されている。

船上に見えるのは男数人の人影だ。あの四人が含まれているに違いない。

小舟が揺れる青い海原は、陽を受けて波を輝かせている。

加門はじっと小舟を見つめた。

「なあ」意次がつぶやく。

「わたしは働くぞ。わたしはこたびのことで改めて思った。謀反などを言い出すのは、御政道にも突かれるところがあるからだ。確かに、今の世は盤石《ばんじゃく》とはいえん。民にも武家にも不満を持つ者がいるだろう。ゆえに、二度と謀反を考える者が出ないように、豊かにして、揺るぎのない世を作る。どうだこの考えは」

加門は、その語る横顔を見た。

「うむ、よい考えだ」

「そうか」

意次は頷き、海へと顔を向ける。

よいな、と加門も海に向けてつぶやいた。

時代小説

二見時代小説文庫

謀略《ぼうりゃく》の兆《きざ》し　御庭番《おにわばん》の二代目《にだいめ》13

著者　氷月《ひづき》　葵《あおい》

発行所　株式会社　二見書房
東京都千代田区神田三崎町二‐一八‐一一
電話　〇三‐三五一五‐二三一一［営業］
〇三‐三五一五‐二三一三［編集］
振替　〇〇一七〇‐四‐二六三九

印刷　株式会社　堀内印刷所
製本　株式会社　村上製本所

落丁・乱丁本はお取り替えいたします。
定価は、カバーに表示してあります。

ISBN978−4−576−20078−1
https://www.futami.co.jp/

森詠

北風侍 寒九郎

シリーズ

以下続刊

① 北風侍《さむらい》 寒九郎 津軽《つがる》宿命剣
② 秘剣 枯れ葉返し
③ 北帰行
④ 北の邪宗門

旗本武田家の門前に行き倒れがあった。まだ前髪も取れぬ侍姿の子ども。腹を空かせた薄汚い小僧は津軽藩士・鹿取真之助の一子、寒九郎と名乗り、叔母の早苗様にお目通りしたいという。父が切腹して果て、母も後を追ったので、津軽からひとり出てきたのだと。十万石の津軽藩で何が…？ 父母の死の真相に迫れるか!? こうして寒九郎の孤独の闘いが始まった…。